KB142275

별

도데 단편선 ❶

별

도데 단편선 ❶

알퐁스 도데 지음 | 조정훈 옮김

더클래식

| 일러두기 |

* 이 책은 알퐁스 도데(Alphonse Daudet)의 단편집 《풍차 방앗간 편지(*Lettres de mon Moulin*)》에 실린 작품 중에서, 가장 널리 알려지거나 높이 평가되고 있는 작품을 발췌하여 수록한 것이다.
* 위의 원작 중에서 〈별〉이 가장 대중적으로 알려져 있으므로, 이를 제일 먼저 실었음을 밝힌다.

| 차례 |

별   7

정착   16

보케르의 역마차   22

코르니유 영감님의 비밀   29

스갱 씨의 염소   39

아를의 처녀   50

교황의 노새   58

상기네르의 등대   75

세미양트 호의 최후   85

세관 선원들   95

퀴퀴냥의 신부   102

노인들   112

빅시우 영감님의 가방   125

황금 뇌를 가진 남자   134

시인 미스트랄   141

오렌지   154

두 여인숙   160

밀리아나에서   167

메뚜기 떼   185

카마르그에서   192

막사의 추억   208

작품 해설   214

작가 연보   224

별

– 프로방스 지방 어느 목동의 이야기

뤼브롱 산에서 양들을 지키고 있던 시절, 나는 몇 주 동안 사람 구경이라곤 못한 채 사냥개 라브리와 양 떼들만 데리고 방목지에서 홀로 지내야 했습니다. 가끔씩 몽드뤼르 산에 칩거하던 사람이 약초를 캐러 가는 모습이나 피에몽의 숯 굽는 사람의 검은 얼굴을 볼 수 있을 뿐이었습니다. 하지만 혼자 생활하는 것에 익숙해져 말을 잃어버린 순박한 그 사람들은 대화의 재미를 잃어버린 지 오래고, 아랫마을과 도시에서 일어난 일에 대해서도 아는 게 없었습니다. 그러다 보니 보름마다 농장에서 보름치의 식량을 싣고 오솔길을 따라 올라오는 노새의 방울 소리와 함께 농장 꼬마의 신이 난 얼굴이나 늙은 노라드 아주머니의 갈색머리가 조금씩 언덕 위로 나타나는 걸 보는 것이 나에게는 가장 큰 낙이었습니다. 나는 그들에게 아랫마을의 세례나 결혼 소식을 이야기해 달라고 조르곤 했습니다. 하지만 그중에서도 내 관심을 끈 것은 주인집의 스테파네트 아가씨가 어떻게 지내는지에 관해서였습니다. 스테파네트는 근처 마을에서 가장 예뻤습니다. 나는 큰 관심 없는 척하면서도 그녀가 무도회에나 잔치에 참석했는지, 새로운 연인이 나타나지는 않았는지 알아보곤 했습니다. 가난한 산골 목동이 그런 것들을 알아서 무엇 하냐고 묻는 사람이 있다면 나는 이렇게 대답할 것입니다. 나는 이제 스무 살이고, 스테파네트는 내가 태어나서 보았던 가장 아름다운 사람이라고 말이지요.

그러던 어느 일요일이었습니다. 그날도 나는 보름치의 식량을 기다리고 있었지만 늦게까지 아무도 도착하지 않았습니다. 오전에는 '대미사 때문에 늦는구나.' 하고 생각했습니다. 정오가 되자 세찬 소나기가 내렸고 나는 길 상태가 좋지 않아 노새들이 출발하지 못한 거라고 생각했습니다. 오후 세 시쯤 되자 마침내 하늘이 다시 맑아지고 산이 물과 햇빛으로 반짝였습니다. 그리고 나뭇잎에서 떨어지는 물방울 소리와 냇물이 넘치는 소리를 뚫고 부활절의 종소리처럼 명랑하고 활기찬 노새의 방울 소리가 들려오는 것이었습니다. 한데 노새를 이끌고 온 사람은 농장 꼬마도 노라드 아주머니도 아니었답니다. 누구였을까요? 그 사람은⋯⋯ 바로⋯⋯ 우리 아가씨였답니다! 버들가지로 만든 바구니들 사이에 아가씨가 허리를 곧게 펴고 앉아 있었던 겁니다. 산바람과 소나기로 날이 서늘해지는 바람에 그녀의 얼굴도 붉게 상기되어 있었습니다.

농장 꼬마는 병이 났고, 노라드 아주머니는 휴가를 받아 자식들의 집에 갔다고 했습니다. 아름다운 스테파네트가 노새에서 내리면서 그렇게 이야기해 주었습니다. 자신은 길을 잃는 바람에 늦고 말았노라고 말이지요. 하지만 그녀의 꽃 장식 리본과 레이스가 달린 화려한 치마는 덤불 속을 헤맸다기보다는 무도회라도 갔다 오느라 늦은 것만 같았습니다. 오, 어찌나 귀여웠던지! 그녀를 아무리 쳐다보아도 내 눈은 싫증을 느끼지 않았습니다. 여태껏 이렇게 가까이에서 그녀를 본 적은 없었습니다. 겨우내 양들과 함께 평지에 머무는 동안에는 내가 저녁을 먹으러 농장으로 돌아와도 그녀는 여전히 옷을 차려입고 하인들과는 거의 말을 하지 않은 채 도도하게 거실을 지나치곤 했는데…… 지금 그녀가, 오직 나를 위해, 이곳에 와 있는 겁니다. 내가 어찌 허둥대지 않을 수 있겠습니까?

스테파네트는 바구니에서 식량을 꺼내며 호기심 어린 눈빛으로 주위를 둘러보기 시작했습니다. 예쁜 나들이용 치마가 더럽혀지지 않게 살짝 들어 올리며, 그녀는 내가 평소 잠을 자는 곳을 구경하고 싶다며 우리 안으로 들어갔습니다. 밀짚 위에 양가죽을 깐 침대와 벽에 걸린 기다란 외투, 지팡이, 부싯돌 등 모든 것이 그녀에게는 신기하게 보이는 듯했습니다.

"그러니까 여기서 산단 말이지? 가엾기도 해라. 늘 이렇게 혼자 있으면 정말 심심하겠다! 뭘 하면서 지내지? 무슨 생각을 하고?"

나는 '당신 생각을 하지요, 아가씨.'라고 대답하고 싶었습니다. 그리고 그건 거짓말이 아니었습니다. 하지만 너무 당황한 나머지 아무 말도 할 수 없었습니다. 그걸 알아차렸는지 그녀는 더욱 짓궂은 말로 나를 난처하게 만들며 즐거워했습니다.

"그런데 여자 친구는 가끔 너를 보러 올라오니? ……아마 그녀는 황금 염소이거나 산꼭대기에서만 뛰어다니는 에스테렐 요정이겠지……."

이렇게 말하면서 머리를 뒤로 젖히고 예쁘게 웃은 후에 바삐 돌아가려고 서두르는 그녀의 모습이야말로 요정 에스테렐 같았습니다. 그녀의 방문이야말로 요정의 출현이었지요.

"잘 있어. 목동아."

"안녕히 가세요, 아가씨."

그렇게 그녀는 빈 바구니들을 가지고 떠났습니다.

그녀가 비탈길 밑으로 사라진 뒤 노새 발굽 아래 구르는 조약돌 소리가 마치 내 심장으로 굴러떨어지는 듯했습니다. 그 소리들을 나는 오래…… 아주 오래 듣고 있었습니다. 해가 저물 때까지 나는 그 꿈이 사라질까 두려워 감히 움직이지도 못한 채 잠든 듯 가만히 있었습니다. 그리고 저녁이 되어 깊은 계곡이 어슴푸

레해질 무렵, 양들이 메에 하고 서로 몸을 밀치며 우리 안으로 들어가려고 할 때였습니다. 갑자기 언덕길에서 누군가 나를 부르는 소리와 함께 곧이어 우리 아가씨가 모습을 나타냈습니다. 아까의 명랑한 표정과 달리 그녀는 물에 흠뻑 젖어 추위와 두려움에 떨고 있었습니다. 산길 아래쪽에서 폭우를 만나는 바람에 불어난 소르그 강물을 건너려다 그만 물에 빠질 뻔했다는 겁니다. 더군다나 시간이 너무 늦어 버려 아가씨는 도저히 농장으로 돌아갈 수도 없었습니다. 지름길이 있다 해도 아가씨 혼자서는 찾을 수 없었고, 나는 양 떼들 곁을 떠날 수 없었습니다. 산에서 밤을 보내야 한다는 생각에 그녀는 무척 심란해했습니다. 특히 가족들이 걱정할 거라는 생각 때문에 말이지요. 나는 최대한 그녀를 안심시키려 노력했습니다.

"아가씨, 칠월은 밤이 무척 짧답니다…… 잠시만 참으면 돼요."

나는 소르그 강물에 흠뻑 젖은 그녀의 옷과 발을 말리기 위해 서둘러 불을 피웠고 그런 뒤 우유와 치즈를 가져다주었습니다. 하지만 가련한 소녀는 몸을 덥히려고도 음식을 먹으려고도 하지 않았습니다. 그녀의 눈에 커다랗게 맺힌 눈물을 보자 나도 그만 울고 싶어졌습니다.

어느덧 밤이 찾아왔습니다. 산등성이에는 태양의 남은 빛마저 사라지고 서쪽 하늘의 뿌연 빛만 남았습니다. 나는 아가씨에게 우리 안으로 들어가 쉬라고 말했습니다. 새로 깐 짚 위에 좋은 가죽을 깔아 준 뒤 그녀에게 잘 자라는 인사를 하고는 문 밖에 앉았습니다……. 연정이 불꽃처럼 핏속에 끓어오르고 있었지만 나쁜 생각은 전혀 하지 않았다는 걸 하느님은 아실 겁니다. 한 구석에서 호기심 어린 눈으로 바라보는 양 떼들 곁에서 ― 그 어떤 양들보다 귀하고 순결한 ― 우리 아가씨가 나의 보호를 받으며 잠들어 있다는 생각에 내 가슴은 뿌듯하기만 했습니다. 여태껏 이처럼 하늘이 높아 보이고 별들이 빛나 보인 적은 없었습니다……. 바로 그 순간, 갑자기 우리 문이 열리며 아름다운 스테파네트가 모습을 드러냈습니다. 그녀는 잠이 오지 않았던 모양입니다. 움직이는 양들 때문에 밀짚이 바스락거리고, 꿈꾸는 양들이 메에 하는 소리를 내는 바람에 차라리 불 곁에 있는 것이 낫다고 생각한 것입니다. 나는 가지고 있던 양가죽을 그녀의 어깨에 덮어 주고 불을 더 키웠습니다. 그리고 우리 두 사람은 아무 말 없이 나란히 앉아 있었습니다. 당신이 만약 아름다운 별들 아래서 밤을 지새운 적이 있다면, 모두가 잠든 시간 동안 고독과 침묵 가운데 신비로운 세상이 새로이 눈을 뜬다는 걸 아실 겁니다. 그 순간 샘물은 더욱 맑은 소리로 노래하고 연못에서는 작은 불꽃들이 피어오릅니다. 모든 산의 정령들이 자유롭게 오가는 듯한 공기가 스치는 소리들이 나뭇가지가 자라나고 풀이 돋아나는 소리처럼 들리지요. 낮이 생명체들의 시간이라면 밤은 사물들의 시간입니다. 밤에 익숙하지 않은 사람은 두려움이 생기기 마련입니다……. 우리 아가씨 또한 작은 소리에도 오들오들 떨며 내 곁으로 바싹 몸을 붙이곤 했습니다.

그때였습니다. 순간 저 아래 반짝이는 연못가로부터 길고도 처량한 울음소리가 우리가 있는 곳까지 울려 퍼졌습니다. 그리고 때마침 아름다운 유성 하나가 바로 우리 머리 위를 지나 그곳을 향해 떨어졌습니다. 마치 방금 들린 탄식 소리가 빛을 불러낸 것처럼 말입니다.

"저게 뭐지?"

스테파네트가 낮은 소리로 물었습니다.

"천국으로 들어가는 영혼이랍니다, 아가씨."

나는 대답하며 성호를 그었습니다.

스테파네트도 나를 따라 성호를 그었습니다. 그러고는 한동안 하늘을 바라보며 생각에 잠겼습니다. 이윽고 그녀가 말했습니다.

"너희 목동들은 마법을 부린다는데, 정말이니?"

"그럴 리가 있나요, 아가씨. 하지만 우리 목동들은 별들과 가까운 곳에 살기 때문에 저 아래 들판에 있는 사람들보다는 별에서 일어나는 일들에 대해서 더 잘 안답니다."

그녀는 여전히 한 손으로 턱을 괴고 양가죽을 어깨에 두른 채 천국의 어린 목자처럼 하늘을 보고 있었습니다.

"별이 정말 많구나! 아름답기도 하지. 이렇게 많은 별은 본 적이 없어. 너는 이 별들의 이름을 다 알고 있니?"

"물론이지요, 아가씨…… 보세요! 우리 바로 위에 있는 것이 '성 자크의 길(은하수)'이에요. 프랑스에서 스페인 쪽으로 곧장 뻗어 있지요. 용감한 샤를마뉴 대제가 사라센 사람들과 전쟁을 벌일 때, 갈리시아의 성 자크가 그에게 길을 가르쳐 주기 위해 저 길을 놓았대요. 그보다 멀리 네 개의 빛나는 축과 함께 있는 것이 '영혼들의 수레(큰곰자리)'예요. 앞에 이끄는 세 개의 별은 '세 마리의 동물들'이고 세 번째 별 바로 곁에 있는 작은 별이 바로 '마부'랍니다. 그 주위로 별들이 비처럼 쏟아져 내리는 게 보이지요? 그건 하느님이 당신의 집으로 데려가길 원하지 않는 영혼들이랍니다……. 그보다 좀 더 아래 '쇠스랑' 또는 '세 명의 왕(오리온)'이라고 부르는 별이 있지요. 이 별은 우리 같은 사람들에게 시계 역할을 한답니다. 저 별들을 보기만 해도 지금 자정이 지났다는 걸 금세 알 수 있어요. 그 아래 항상 남쪽에서 빛나는 '장 드 밀랑(시리우스)'은 하늘의 횃불이라고도 불러요. 저 별들에 대해서 우리 목동들 사이에 전해 내려오는 이야기가 있답니다. 어느 날 밤, '장 드 밀랑'이 '세 명의 왕' 그리고 '닭장(북두칠성)'과 함께 친구 별의 결혼식에 초대를 받았대요. 성질이 급한 '닭장'이 서둘러 먼저 출발해 위쪽 길로 갔다는군요. 저기 위, 하늘 가장 높은 곳을 보세요. '세 명의 왕'은 '닭장'을 따라잡으려고 아래쪽 길로 가로질러 갔답니다. 그런데 늦잠을 자다가 가장 늦게 떠난 게으른 '장 드 밀랑'이 혼자 뒤처지는 바람에 그만 화가 나서 지팡이를 던져 앞의 별들을 멈춰 세웠대요. 그래서 '세 명의 왕'을 '장 드 밀랑의 지팡이'라고도 부르지요……. 하지만 아가씨, 저 별들 중에서 가장 아름다운 건 다름 아닌 우리 '목동의 별'이랍니다. 새벽에 양 떼들을 내보낼 때나 저녁에 양 떼들을 불러들일 때 이 별은 우리를 비춰 주지요. 우리는 이 별을 '마글론'이라고도 부르는데, 아름다운 마글론은 '프로방스 피에르(토성)'의 뒤를 따라다니다 칠 년마다 만나 그 별과 결혼을 한답니다."

"뭐라고! 별들도 결혼을 한다고?"

"그럼요, 아가씨."

내가 아가씨에게 별들의 결혼이 어떤 건지 설명하려고 했을 때, 서늘하고 부드러운 무엇이 내 어깨에 가볍게 내려앉는 것이 느껴졌습니다. 졸음으로 머리가 무거워진 그녀가 리본과 레이스, 구불구불한 머릿결을 내 어깨에 기댄 것입니다. 날이 밝아 하늘의 별들이 희미해질 때까지 그녀는 그렇게 가만히 있었습니다. 잠든 그녀를 보면서 마음속 깊은 곳에서 작은 떨림이 일어났지만 아름다운 생각밖에는 준 적이 없는 맑은 밤이 나를 경건하게 지켜 주었습니다. 우리 주위로는 거대한 한 무리의 양 떼들처럼 별들이 조용히 행진하고 있었습니다. 순간 나는 이런 생각을 했습니다. 저 별들 중 가장 아름답고 반짝이는 별 하나가 길을 잃고 내 어깨에 기대 잠든 것이라고.

정착

정말 놀란 건 토끼들이었습니다! ……방앗간 문이 오랫동안 닫혀 있었고 담장과 안뜰에 잡초가 무성했던 탓에 토끼들은 방앗간 주인이라는 종족이 멸종했을 거라고 믿었던 모양입니다. 이곳이 적당한 장소라 여긴 토끼들은 방앗간을 자신들의 사령 본부로 여기고 있었습니다. 말하자면 그곳이 토끼들의 작전 본부이자 그들의 '제마프의 방앗간'이었던 것이지요……. 내가 도착하던 날 밤, 거짓말 안 보태고 스무 마리 정도의 토끼들이 집터에 둥그렇게 둘러앉아 달빛 아래 발을 녹이고 있었습니다. 내가 슬며시 문을 열자 꼬리를 바짝 세운 토끼들이 마치 퇴각하는 병사들처럼 후다닥 흩어지며 덤불숲 안으로 하얀 등을 감춰 버렸습니다. 나는 토끼들이 다시 돌아오기를 바랐습니다.

나를 보고 소스라치게 놀란 또 다른 한 녀석이 있었습니다. 2층에 세 들어 살고 있는 심각한 표정의 늙은 부엉이였습니다. 사색가의 얼굴을 한 이 녀석은 이십 년도 넘게 이곳 방앗간에서 살고 있었습니다. 나는 녀석이 2층 방의 무너진 담벼락과 기왓장들 사이로 솟아난 나무 기둥 위에서 꼼짝 않고 앉아 있는 모습을 발견했습니다. 순간 녀석이 동그란 눈으로 나를 쳐다보았습니다. 그러고는 낯선 사람을 보고 무척이나 놀랐는지 '부우! 부우!' 울어대며 잿빛 먼지로 덮인 날개를 힘겹게 퍼덕이는 것이었습니다. 사색가들이란, 참! 좀처럼 씻을 줄을 모르는 모양입니다……. 어쨌든! 내가 녀석의 임대계약을 연장해 주기로 서둘러 결정한 것은 끔뻑거리는 눈과 잔뜩 찌푸린 얼굴이 마음에 들었기 때문입니다. 이제 부엉이는 지붕을 통해 드나들 수 있는 방앗간의 꼭대기 층 전체를 예전처럼 쓸 수 있게 되었습니다. 대신 나는 아래층 방을 쓰기로 했습니다. 수도원의 식당처럼 하얀색 회벽이 칠해진 낮은 천장의 작은 방입니다.

지금 나는 그 방에서 문을 활짝 열어 놓은 채 포근한 햇살을 받으며 당신께 편지를 쓰고 있습니다.

햇빛에 반짝이는 예쁜 소나무 숲이 바로 눈앞에서 산기슭까지 펼쳐져 있습니다. 지평선 너머로는 알피유 산맥의 뾰족한 봉우리들이 모습을 드러내고 있고…… 사방은 고요하고…… 피리 소리, 라벤더 가지 위의 도요새 소리, 길을 걷는 노새의 방울 소리만 겨우 들려올 뿐입니다……. 프로방스의 아름다운 풍경은 역시 빛을 통해서만 느낄 수 있습니다.

그러니 내가 어찌 당신들이 사는 그 시끄럽고 우중충한 파리를 그리워하겠습니까? 이곳 방앗간에서 이처럼 잘 지내고 있는데요! 이곳이 바로 내가 찾던 곳입니다! 신문도 마차도 안개도 닿지 않는 향기롭고 따뜻한 외딴곳! ……이곳 내 주위에는 온통 멋진 것들뿐이랍니다! 이곳에 머문 지 일주일밖에 되지 않았는데도 내 머릿속은 온갖 느낌들과 추억들로 가득하답니다. …… 보세요! 어제 저녁만 해도 산기슭 아래 농장으로 가축 떼가 돌아오는 모습을 보았습니다. 맹세코 나는 당신이 이번 주 동안 파리에서 누렸던 최고의 것들을 다 준다고 해도 이것과 바꾸지 않을 겁니다. 당신도 한번 상상해 보시길.

프로방스에서는 더위가 시작될 무렵 가축들을 데리고 알프스로 올라가곤 합니다. 허리춤까지 자란 풀밭이 있는 산꼭대기에서 동물들과 사람이 아름다운 별을 지붕 삼아 대여섯 달을 함께 보내는 겁니다. 그리고 추워지기 시작하는 가을 무렵, 다시 농장으로 내려오지요. 이때부터 로즈마리 향기가 가득한 작은 언덕에서 한가하게 풀을 뜯는 가축들의 모습을 다시 볼 수 있습니다. ……그러니까 그게 바로 어제였습니다. 가축들이 산에서 돌아오는 날이 말이지요. 농장은 아침부터 문을 활짝 열어 놓고 그들을 기다리고 있었습니다. 우리에 신선한 밀짚을 잔뜩 깔아 놓고 말입니다. 시간이 다가올수록 사람들은 생각합니다.

'지금이면 에기에르쯤에 와 있겠군. 지금은 파라두쯤 와 있을 거야.'

마침내 저녁 무렵, 이런 외침 소리가 들려옵니다.

"저기 온다!"

그리고 저 멀리 아래쪽에서 먼지를 일으키며 다가오는 가축 떼가 보이기 시작합니다. 그 광경은 마치 길 하나가 가축들과 함께 행진하는 것 같지요……. 뿔을 세운 늙은 양들이 질서 없이 앞장서고 그 뒤로 다른 무리의 양 떼들이 뒤따라옵니다. 약간 지쳐 보이는 어미 양들의 발밑으로는 어린 새끼들이 종종걸음으로 따라오지요. 붉은 방울 술로 치장한 노새들은 태어난 지 하루밖에 안 된 새끼 양들이 들어 있는 바구니를 요람처럼 흔들며 걸어옵니다. 그 뒤로 성직자처럼 발목까지 내려오는 붉은색 망토를 입은 건장한 양치기와 혀를 땅에 닿을 정도로 늘어뜨린 개들이 땀을 뻘뻘 흘리며 따라옵니다.

위풍당당하게 우리들 앞을 지나는 이 행렬은 소나기 같은 발소리를 내며 대문 저편으로 사라지지요……. 이제부터 농장 안에서는 굉장한 소동이 일어납니다. 망사 레이스 같은 볏에 초록과 황금색 깃털을 가진 커다란 공작새들이 가축들이 도착한 것을 알아보고는 횃대에 높이 올라 멋진 소리로 그들을 환영해 줍니다. 그러면 졸던 닭들도 깜짝 놀라 깨어나고 덩달아 비둘기, 오리, 칠면조, 뿔닭 들도 모두 자리에서 일어나지요. 이렇게 새 사육장 안은 한바탕 소동이 벌어집니다. 암탉들이 수다를 떨며 밤을 지새우게 만드는…… 양들의 털에 마치 알프스 자연의 향기와 사람들을 열광시키고 춤추게 만드는 생생한 산기운이 함께 묻어온 듯합니다.

가축들은 각자의 숙소에 여장을 풉니다. 가축들이 숙소에 도착하는 모습을 보면 정말 흥미롭답니다. 늙은 양들은 자기 여물통을 보며 감격스러워하고 여행 중 태어난 새끼 양들은 한 번도 본 적 없는 농장의 모습에 놀라 주위를 두리번거립니다.

무엇보다 인상적인 것은 가축을 지키는 용감한 개들입니다. 개들은 여전히 가축들을 지키느라 농장의 다른 것들에는 눈길도 주지 않습니다. 농장에 남았던 다른 개들이 개장 속에서 아무리 불러도 소용이 없습니다. 시원한 물이 가득 담긴 우물가의 물통도 그들의 시선을 잡아끌지 못합니다. 가축들이 모두 돌아왔는지, 격자문의 빗장은 제대로 걸려 있는지, 목동들은 아래층 방에 자리를 잡았는지 확인하기 전까지 양치기 개들은 그 무엇도 보려고도, 들으려고도 하지 않습니다.

이 모든 것들을 확인하고 난 뒤에야 비로소 양치기 개들은 자신의 보금자리로 돌아갑니다. 그리고 그릇에 담긴 수프를 핥으며 농장을 지키던 동료들에게 산 위에서 있었던 일들을 들려주지요. 늑대들이 살고 이슬이 가득 맺힌 커다란 자주색 디기탈리스가*피어 있는 머나먼 미지의 세계 이야기를……

---

* 높이 1m 정도 자라는 다년초다. 꽃은 통모양으로 아래서부터 위로 피어 올라가며 노란색, 분홍색 등 다양한 색을 지닌다.

보케르의 역마차

이곳에 도착하던 날이었습니다. 나는 보케르로 향하는 마차에 올랐습니다. 아주 낡은 역마차였답니다. 마차가 어찌나 천천히 길을 달리던지, 별로 먼 길이 아니었음에도 저녁 무렵 종착역에 도착하고 나니 멀고 먼 여행을 한 것만 같았습니다. 마부를 제외하고 마차에는 모두 다섯 사람이 타고 있었습니다.

첫 번째 승객은 카마르그에서 온 땅딸막하고 털이 덥수룩한 경비원이었습니다. 핏대가 선 큰 눈에 귀에는 은 귀고리를 한 야수의 냄새를 풍기는 사내였습니다. 다음은 보케르 출신의 두 남자로 한 명은 빵집 주인이고 다른 한 명은 제빵사였습니다. 두 사람 모두 얼굴이 붉고 가쁜 숨을 몰아쉬고 있었지만, 자세히 보면 로마 메달에 새겨진 비텔리우스 황제*의 초상처럼 잘생긴 얼굴이었습니다. 그리고 마부와 가까운 앞좌석에 앉은 한 남자……
아니, 남자라기보다는 토끼 가죽 탈을 뒤집어쓴 듯한 그 사람은
슬픈 표정을 한 채 거의 말없이 창밖만 쳐다보고 있었습니다.

　그들은 모두 아는 사이였는지 아주 큰 소리로 거침없이 자신
들의 사정에 대해 떠들어 댔습니다. 카마르그에서 온 사내는 쇠
스랑으로 양치기를 때리는 바람에 판사의 출두 명령을 받아 님
시에서 오는 길이라고 했습니다. 카마르그 사람은 무척 다혈질
이었고…… 보케르 사람들은 어땠을까요? 보케르 출신의 두 사
람은 성모 마리아에 대해 이야기하면서 서로 잡아먹을 듯 싸웠
답니다. 빵집 주인은 오래전부터 프로방스 사람들이 '좋은 어머
니'라고 부르는, 아기 예수를 안은 성모상을 섬기는 교구에 속했
던 모양입니다. 반면 제빵사는 미소를 지으며 팔을 활짝 벌리고
손에서 빛을 내뿜는 아름다운 동정녀 상을 섬기는, 생긴 지 얼마
되지 않은 교회의 성가대를 맡고 있었나 봅니다. 싸움은 여기서
부터 시작되었습니다. 이 선한 두 명의 가톨릭 신자들이 서로의
성모 마리아를 어떻게 대했는지 여러분도 보았어야 합니다.

　"너희 동정녀는 참 반반하더군."

　"당신네 그 '좋은 엄마'랑 당장 꺼져 버려."

　"그 처녀는 팔레스타인에서 재미 좀 봤다지?"

＊　로마제국의 황제. 내전을 통해 황제 오토를 물리치고 로마제국의 여덟 번째 황제에 추대되었
　으나 베스파시아누스와의 내전에서 패하여 여덟 달만에 살해당했다.

"당신네 그 여자는 어떻고? 못생겨 가지곤! 그 여자가 무슨 짓을 했는지 누가 알아…… 요셉에게나 가서 물어보라지."

칼부림만 없었지 마치 나폴리 항구에 서 있는 느낌이었습니다. 만약 마부가 끼어들지 않았더라면 이 신앙 논쟁은 정말 칼부림으로 끝났을지도 모릅니다.

"마리아 얘기는 이제 그만들 하시죠."

마부가 웃으며 보케르 사람들의 말 사이를 가로막았습니다.

"아낙네들이나 나누는 이야기를 남자들이 이러쿵저러쿵하다니요."

마침표를 찍듯 말하며 마부는 마치 무신론자처럼 채찍질을 했고, 그 바람에 모두들 입을 다물었습니다.

말싸움이 끝나고 나서도 빵집 주인은 이미 발동 걸린 혈기를 주체할 수 없는 듯, 구석에서 슬픈 표정으로 말이 없던 불쌍한 토끼 모자 쪽으로 몸을 돌리더니 이죽거리며 말을 붙였습니다.

"이봐, 칼갈이, 그러고 보니 자네 마누라는…… 자네 마누라는 어디 교구더라?"

이 말에 모두가 박장대소하는 걸로 보아 그에게 재미난 사연이라도 있는 것 같았습니다만…… 칼갈이는 웃지 않았습니다. 그는 빵집 주인의 말을 못 들은 체했습니다. 그러자 빵집 주인이 내 쪽으로 몸을 돌리며 말했습니다.

"선생은 이 사람의 마누라를 모르시지요? 아주 재미있는 자매

님이시랍니다. 암요! 보케르에 그만한 여자도 없지요."

　사람들의 웃음소리가 더 커졌습니다. 하지만 남자는 꿈쩍도 하지 않았습니다. 고개도 들지 않고 그는 딱 한 마디 내뱉었습니다.

　"닥쳐, 빵쟁이!"

　하지만 심술궂은 빵집 주인은 입을 다물기는커녕 한술 더 떠 말했습니다.

　"팔불출 같은 놈! 네가 그러면 안 되지. 그런 여자랑 살면 지루할 틈도 없을 텐데 말이야. ……생각해 보세요! 반년마다 한 번씩 납치당할 정도로 미인인 데다 집에 돌아올 때마다 이야깃거리를 가져오니 말이에요. 거참 이상한 집구석이지요? 선생도 상상해 보세요. 아니, 결혼한 지 일 년도 안 됐는데 마누라가 초콜릿 장수와 눈이 맞아 스페인으로 도망쳐 버렸지 뭡니까? 혼자 남은 남편은 울면서 술만 퍼마시고……. 정말 미친놈 같았다니까요. 그런데 얼마 뒤 그 예쁜 마누라가 스페인 사람 같은 모양새를 하고는 방울 달린 작은 북을 들고 나타난 거예요. 그래서 우리가 여자에게 말했지요. '숨어! 네 남편이 가만두지 않을 거야.' 놀라운 건 가만두지 않기는커녕…… 그 부부는 아무 일도 없다는 듯이 잘만 살더란 말입니다. 마누라가 글쎄 남편한테 바스크 지방의 북 치는 법까지 가르쳐 줬다니까요."

　다시 한 번 웃음소리가 터졌습니다. 칼갈이는 구석 자리에 앉아 여전히 고개를 숙인 채 중얼거렸습니다.

"입 닥치라고, 빵쟁아."

빵집 주인은 들은 척도 하지 않고 말을 이어 갔습니다.

"선생, 그런데 그 예쁜 여자가 스페인에서 돌아온 다음에는 조용히 지냈을까요? 하, 천만의 말씀⋯⋯ 남편이 뭐든 척척 잘 받아 주니 여자가 다시 일을 저지를 수밖에요. 스페인 남자 다음엔 어느 장교, 그다음엔 론 강의 뱃사공, 음악가, 또 그다음엔⋯⋯ 아이고, 그 사정을 이루 다 알 수 있겠습니까? 더 가관인 건 이런 코미디가 매번 똑같이 반복된다는 거지요. 부인이 떠나면 남편은 울고, 부인이 다시 돌아오면 마음이 누그러지고⋯⋯ 이렇게 누군가 여자를 데려갔다가 다시 갖다 놓곤 한답니다. 그 남편 인내심도 참 대단하시지! 칼갈이 마누라가 워낙 예쁘긴 해요. 대단하고말고요. 발랄하고, 매력 있고, 몸매 좋고, 거기에 피부도 하얀 데다 그 담갈색 눈으로 남자들을 쳐다보며 늘 생글거리는 것이⋯⋯ 파리 선생도 혹시 보케르에 들를 일이 있으시면⋯⋯."

"진짜⋯⋯ 이제 그만하라고, 빵쟁아!"

불쌍한 칼갈이 남자가 처연한 목소리로 다시 말했습니다.

그 순간 마차가 멈춰 섰습니다. 앙글로르의 농가에 도착한 것입니다. 보케르 사람들은 이곳에서 내렸습니다. 정말이지 그들을 붙잡고 싶지 않았답니다. ⋯⋯몹쓸 빵집 주인 같으니! 농장의 마당 안에서도 그가 계속 웃어 대는 소리가 들렸습니다.

그들이 내리자 마차는 마치 텅 빈 것 같았습니다. 카마르그 사람은 아를에서 내렸고, 마부는 이제 말을 끌고 걷기 시작했습니다……. 마차에는 칼갈이 남자와 나, 둘만 남아 제자리에서 한마디도 하지 않고 앉아 있었습니다. 몹시 더운 날이었습니다. 가죽으로 된 마차 덮개가 불타오르는 것만 같았습니다. 눈이 자꾸 감기고 머리도 무거워졌습니다. 하지만 잠이 들 수 없었습니다. 내 귓가에는 칼갈이의 슬프고도 나약한 '그만 좀 하라고, 제발.'이라는 말이 계속 맴도는 듯했습니다.

잠을 이루지 못하는 것은 불쌍한 남자도 마찬가지였습니다. 나는 그의 등 뒤로 커다란 어깨가 떨리고 있는 것을 보았습니다. 그와 함께 앞 의자 등받이 위에 올려놓은 손이, 바보스러울 만치 길고 창백한 그의 손이, 노인처럼 떨리고 있었습니다. ……울고 있었던 겁니다.

"파리 양반, 다 왔습니다!"

갑자기 마부가 내게 소리쳤습니다. 마부는 채찍 끝으로 마치 커다란 나비가 땅에 꽂혀 있는 듯한 모습의 푸른 언덕 위의 풍차를 가리켰습니다.

나는 서둘러 마차에서 내렸습니다. 칼 가는 사람 옆을 지날 때 나는 모자 밑에 가려진 그의 얼굴을 보려고 했습니다! 헤어지기 전 꼭 그의 얼굴을 보고 싶었습니다. 그때 그 불쌍한 남자가 내 생각을 알아차렸는지 갑자기 고개를 들어 정면으로 나를 바라보았습니다.

27

"잘 봐 두시오, 친구. 만약 며칠 안에 보케르에서 무슨 일이 생기면 누가 저질렀는지 곧 알아차리게 될 거요."

그가 낮은 목소리로 말했습니다.

작고 움푹한 눈에 슬프고 쇠약해 보이는 얼굴이었습니다. 눈에는 눈물이 고여 있었지만 목소리에는 증오가 가득 담겨 있었습니다. 그 증오는 바로 약한 자들의 분노였습니다! ……내가 만약 그 사내의 아내였다면 이젠 몸을 사릴 겁니다.

코르니유 영감님의 비밀

가끔 우리 집에 놀러 와 밤새 함께 포도주를 마시는 피리 부는 프랑세 마마이라는 영감님이 있습니다. 어느 날 저녁, 영감님은 내가 지금 들어와 있는 풍차 방앗간에서 일어났던 약 이십 년 전의 일에 대해 이야기해 주었습니다. 영감님의 이야기가 하도 감동적이어서 여러분에게도 내가 들은 그대로 전해 드릴까 합니다. 독자 여러분들도 그윽한 향이 나는 포도주 병 앞에서 피리 부는 영감님의 이야기를 듣는다고 상상하며 들어 주시기 바랍니다.

선생, 옛날에는 우리 고장이 지금처럼 활기 없고 노랫소리 한 번 들을 수 없는 그런 곳이 아니었다오. 예전에 이곳은 제분업이 발달해서 사방 사십 킬로미터 안팎의 농장 주인들이 너도나도 수확한 밀을 가지고 몰려들곤 했지요……. 마을 주변 언덕에는 풍차 방앗간들이 넘쳐났었답니다. 소나무 숲 위로 북서풍을 받으며 도는 풍차 날개와 등에 자루를 실은 작은 당나귀들이 긴 언덕길을 줄지어 오르내리는 걸 어디에서든 볼 수 있었지요. 일주일 내내 언덕 위에서 들려오는 채찍 소리와 풍차 날개가 삐걱대는 소리, 방앗간 일꾼들이 "이랴!" 하는 소리를 듣는 건 정말 즐거운 일이었다오. 우리는 일요일마다 무리를 지어 방앗간으로 달려가곤 했지요. 방앗간 주인들이 사향 포도주를 대접하곤 했거든요……. 레이스가 달린 숄과 금 십자가로 치장한 여주인들은 여왕처럼 아름다웠답니다. 내가 가져간 피리를 불면 사람들은 밤이 늦도록 파랑돌*춤을 추곤 했어요. 말하자면, 풍차 방앗간들이 우리 고장에 기쁨과 부를 모두 가져다주었던 거예요.

한데, 불행하게도 파리 사람들이 타라스콩으로 가는 길가에 증기 제분 공장을 짓는다고 했지 뭡니까. 새로운 건 뭐든 멋진 법이지요! 이제 사람들은 밀을 들고 제분 공장으로 향하기 시작했답니다. 불쌍한 풍차 방앗간들은 일거리가 없어지고 말았지요. 얼마 동안은 풍차 방앗간들도 버텨 보려 안간힘을 썼지만 증기 제분 공장의 힘이 워낙 막강해서 아쉽게도 하나둘씩 문을 닫을 수밖에 없었다오……. 더 이상 밀을 싣고 오는 당나귀들도 볼 수 없

---

* 남프랑스 프로방스 지방의 춤이다. 손을 이어 잡은 남녀가 피리(갈루베)와 탕부랭 음악에 맞추어 춘다. 고대 그리스에서 유래한다는 설도 있다. 비제의 〈아를의 여인〉에 사용된 것이 유명하다.

고…… 아름다운 방앗간 여주인들은 자신들의 금 십자가와 보석을 팔기 시작하고…… 이젠 사향 포도주도…… 파랑돌 춤도…… 볼 수 없게 되었지요. 아무리 북풍이 세차게 불어와도 풍차들은 더 이상 날개를 움직이지 않게 되었습니다. 그러다가 결국 마을 사람들은 오래된 방앗간들을 헐어 버리고 그 자리에 포도나무와 올리브나무를 심기로 했답니다.

제분 공장의 텃세 속에서 방앗간들이 도산하는 가운데에서도 한 방앗간만이 용감하게 버티며 살아남았소. 그게 바로 코르니유 영감님의 방앗간, 그러니까 지금 우리가 이야기를 나누고 있는 바로 이곳입니다.

육십 년 동안 밀가루 속에서 살아온 늙은 방앗간 주인인 코르니유 영감님은 자기 일에 열성적이었다오. 그러던 차에 제분 공장이 들어서자 영감님은 미치광이처럼 변하고 말았소. 그는 일주일 내내 마을을 뛰어다니며 보는 사람들마다 붙잡고 제분 공장이 밀가루를 가지고 프로방스 사람들을 독살하려고 한다며 소리를 질러 댔답니다.

"거기 가선 안 돼. 그 불한당 놈들은 빵을 만들 때 악마의 발명품인 증기를 사용한다고. 나는 하느님이 불어 주시는 북서풍과 북풍만을 이용하는데 말이야."

그가 풍차 방아를 찬양하기 위해 온갖 미사여구들을 다 갖다 붙여도 사람들은 그의 말에 아무도 귀를 기울이지 않았지요.

머리끝까지 화가 난 영감님은 야생 짐승처럼 자기 방앗간에 홀로 틀어박혔다오. 자기 손녀인 비베트조차 곁에 두려고 하지 않았답니다. 당시 열다섯 살이었던 비베트는 부모가 모두 죽고 난 뒤 혈육이라곤 할아버지밖에 없었어요. 가엾은 아이는 어쩔 수 없이 혼자 생계를 해결하기 위해 인근 농가에 가서 추수 일을 돕거나 누에를 치는 일, 올리브 열매를 따는 일을 해야 했지요. 하지만 영감님은 자기 손녀를 무척이나 아꼈던 것 같소. 뙤약볕 속에 16킬로미터를 걸어 손녀가 일하는 농장까지 만나러 가기도 하고 손녀가 곁에 있으면 하염없이 울면서 바라보기도 했으니까요.

　하지만 마을 사람들은 인색한 방앗간 영감이 비베트를 일터로 내몰았다고 생각했지요. 사실 어린 손녀를 이 농장으로 저 농장으로 남의집살이를 하며 떠돌게 하고, 목부 남정네들의 욕설을 들으며 살게 만드는 것이 영감님으로서도 차마 못할 짓이었을 게요. 게다가 얼마 전까지 존경받던 점잖은 영감님이 집시처럼 구멍 난 모자를 쓰고 맨발에 누더기 허리띠를 두른 채 돌아다니니, 사람들 눈에 좋게 보였을 리가 없었겠지요. 우리 늙은이들조차도 일요일에 영감님이 미사를 드리러 오는 걸 보면 창피해할 정도였으니까요……. 영감님도 그걸 느꼈는지 더 이상 동네 유지들이 모이는 자리에 앉지 않고 뒤편 성수반 근처에서 가난뱅이들과 함께 있곤 했다오.

　그런데 코르니유 영감님의 일상에도 뭔가 석연치 않은 구석이 있었소. 이미 오래전부터 마을 그 누구도 그에게 밀을 맡기지 않았는데도 영감님의 풍차 날개는 늘 빙글빙글 돌아가고 있었으니까요. 마을 사람들은 저녁이 되면 밀가루 자루를 가득 짊어진 나귀를 앞세워 가는 영감님을 만나곤 했지요.

"안녕하세요, 코르니유 어르신! 방앗간은 여전하지요?"

농부들이 큰 소리로 물으면 영감님은 쾌활한 목소리로 대답하곤 했다오.

"그럼 여전하지. 일감이 끊이질 않는군."

사람들이 어디서 그렇게 많은 일감이 나오느냐고 물으면 영감님은 손가락을 입에 대고 진지하게 대답했습니다.

"쉿! 수출 일을 하고 있다네……."

그러면 사람들은 더 이상 물어볼 수가 없었지요.

그의 방앗간을 들여다본다는 것은 감히 상상도 할 수 없는 일이었소. 손녀인 비베트조차도 들어갈 수 없었으니까요.

사람들이 앞을 지나가다 보면 방앗간 문은 항상 굳게 닫혀 있었는데 커다란 풍차 날개들은 계속 돌고 있었지요. 늙은 나귀는 풀밭의 풀들을 뜯어먹고 비쩍 마른 커다란 고양이가 창가에서 햇빛을 받으며 사나운 표정으로 사람들을 쳐다보곤 했다오.

이 모든 것들이 의혹투성이여서 사람들은 수군거리기 시작했답니다. 모두가 자기 상상대로 코르니유 영감님의 비밀에 대해 떠들어 댔지요. 그중 모두가 한입으로 말하는 게 영감님의 방앗간

안엔 밀가루 포대보다 더 많은 금화 포대가 있다는 소문이었소.

　하지만 결국은 모든 것이 백일하에 드러나고 말았지요. 그 사연인즉 이렇다오.

　내 피리 소리에 맞춰 젊은이들이 춤을 추었던 어느 날, 나는 내 큰아들이 비베트와 서로 사랑하는 사이라는 것을 알아차리게 되었소. 사실 나는 별로 싫지 않았다오. 코르니유 가문은 어쨌든 우리 고향에서 늘 존경받았던 이름이니까요. 게다가 작고 귀여운 비베트가 참새처럼 종종걸음을 치며 우리 집 안을 뛰어다닐 생각을 하니 기쁘기까지 했소. 하지만 두 연인이 함께 있는 시간이 너무 많아서 혹시 사고라도 날까 봐 나는 빨리 일을 마무리 지어야겠다고 생각했지요. 그래서 비베트의 영감님과 몇 마디 의논이나 할까 하고 풍차 방앗간으로 올라갔답니다……. 그런데! 못된 영감 같으니라고! 그 영감이 나를 어떤 식으로 대접했는지 알겠소? 일단 문조차 열어 주지 않았답니다. 그래서 나는 열쇠 구멍으로 영감에게 내가 온 이유를 여차여차 설명했지요. 그런데 말하는 내내 영감은 내 머리 위에서 여윈 고양이처럼 빌어먹을 숨을 할딱대는 겁니다.

　노인은 내가 이야기를 마칠 틈도 주지 않더군요. 그러고는 집에 가서 피리나 불라며 내게 무례하게 소리를 질렀지요. 아들 장가보내는 게 그리 급하면 제분 공장에 가서 여자나 찾아보라면서……. 그런 악담을 듣고 내 피가 얼마가 거꾸로 솟았을지 한번 상상해 보시오. 하지만 충분히 사리분별을 할 줄 알았던 나는 그 미친 늙은이를 자기 맷돌과 함께 방앗간에 남겨 놓은 채 돌아왔소. 그리고 아이들에게 실망스러운 소식을 전해 주었지요……. 불쌍한 어린 양들은 그 소식을 차마 믿을 수 없었던 모양이오. 나에게 직접 할아버지께 가서 이야기해 보겠다고 간청하더군요……. 그런 간청을 나는 차마 거절하지 못했고, 두 연인은 후다닥 집을 나섰다오.

아이들이 그곳에 도착하니, 영감님은 마침 외출하고 없더랍니다. 문은 이중으로 단단히 잠겨 있었지만 영감님이 집을 나서면서 사다리를 그대로 세워 두었던 모양입니다. 그래서 아이들은 창문을 넘어 들어가서 이 의혹투성이의 방앗간에 대체 뭐가 있는지 확인해 봐야겠다고 생각했던 거예요…….

그런데 이상도 하지! 방앗간 안은 텅 비어 있더랍니다……. 포대 한 자루, 밀 한 톨도 없었다더군요. 벽에 있는 거미줄에는 밀가루 한 점 묻어 있질 않았고…… 방앗간이라면 으레 풍겨 오기 마련인, 밀을 빻을 때의 그 따뜻하고 향긋한 냄새도 없었다오……. 방아 구동축은 먼지로 덮여 있고 그 위에서는 야윈 고양이 한 마리가 잠을 자고 있었지요.

아래층의 방도 비참하게 버려져 있긴 마찬가지였소. 망가진 침대 하나에 누더기들이 덮여 있고 층계참에서 뒹구는 빵 한 조각이 전부였지요. 그리고 구석진 곳엔 흰 모래와 석회 가루가 새어 나온 구멍 난 포대 자루 서너 개가 뒹굴고 있었답니다.

이게 바로 코르니유 영감님의 비밀이었던 거요! 영감님은 방 앗간의 명예를 지키려고, 또 아직 방앗간에서 밀가루를 빻고 있 다고 사람들이 믿게 하려고 저녁마다 석회 가루를 끌고 다녔던 거예요……. 불쌍한 방앗간! 불쌍한 코르니유 영감님! 제분 공장 이 영감님에게서 마지막 일감을 빼앗아 간 게 벌써 오래전이었 던 거요. 풍차의 날개는 계속 돌고 있었지만 맷돌은 텅 빈 채로 남아 있던 게지요.

아이들은 돌아와 눈물을 흘리며 자신들이 본 것을 내게 다 이 야기해 주었소. 그 말을 듣는 순간 내 가슴도 찢어질 것 같더군 요. 나는 당장 이웃 사람들에게 달려가 사정 이야기를 해 주면서 집집마다 가지고 있는 밀을 몽땅 코르니유 영감님 방앗간으로 가져가야 한다고 설득했답니다……. 일은 일사천리로 진행되었 지요. 마을 사람들은 당장 발 벗고 나서 주었소. 우리는 밀, 그러 니까 진짜 밀을 가득 실은 당나귀 행렬과 함께 영감님의 방앗간 에 도착했지요.

그런데 방앗간이 활짝 열려 있더군요……. 코르니유 영감님은 석회 자루 위에 앉아 두 손으로 얼굴을 감싼 채 문 앞에서 울고 있었소. 자리를 비운 동안 누군가 방앗간으로 들어와 자신의 슬 픈 비밀을 알아냈다는 사실을 알게 된 거지요.

"이 비참한 꼴을 봐!"

그가 말했소.

"이젠 죽는 수밖에…… 내 방앗간을 이렇게 욕보이다니."

그리고 영감님은 사람에게 말을 걸듯 방앗간에 있는 모든 물건들의 이름을 하나하나 부르며 가슴 아프게 흐느꼈다오.

그 순간 당나귀들이 앞마당에 이르렀소. 우리는 방앗간의 전성기에 그랬던 것처럼 소리를 맞춰 힘차게 외쳤지요.

"어이! 방앗간! ……어이! 코르니유 영감님!"

포대 자루들이 문 앞에 쌓였고, 질 좋은 붉은 밀알들이 사방에서 땅으로 쏟아져 내렸답니다.

코르니유 영감님의 눈이 휘둥그레졌소. 주름투성이 손으로 밀을 움켜쥐고 웃다 울다 하면서 영감이 소리쳤다오.

"밀이다! ……오, 맙소사! ……최상품 밀이야! 어디 보자."

그리고 우리들 쪽으로 돌아서며 말했습니다.

"오! 난 자네들이 돌아오리라는 걸 이미 알고 있었어……. 글쎄, 저 제분 공장 놈들은 모두 도둑들이라니까."

우리는 개선장군처럼 영감님을 마을로 데려가려 했답니다.

"아니야, 아니야. 제일 먼저 내 방아한테 먹을 것을 주어야지……. 생각해 보게! 저 방아가 아무것도 먹지 못한 게 벌써 언제인지 몰라!"

가엾은 영감님이 이리저리 움직이며 자루를 풀고, 밀가루를 빻

37

았지요. 곱게 간 밀가루들이 천정 높이 솟아오르는 동안 그가 방아를 살피는 모습을 우린 눈물을 머금은 채 바라보고 있었소.

그건 우리가 마땅히 해야 할 일들이었다오. 그날부터 우린 코르니유 영감님의 방앗간에 일감이 떨어지지 않도록 했답니다. 그러던 어느 날 코르니유 영감님이 돌아가셨고, 그렇게 우리 마을의 마지막 방앗간이 풍차 날개를 멈추었소. 그야말로 영원히 말이오……. 코르니유 영감이 후계자를 남기지 못했으니 어쩌겠소! ……세상 모든 일엔 끝이 있는 법이지요. 풍차 방앗간 시절도 거룻배가 론 강을 떠다니던 시절처럼, 위임 재판*시절처럼, 또는 커다란 꽃무늬 재킷을 입던 시절처럼 흘러갈 수밖에 없으니 말이오.

---

* 왕실 파견으로 열리는 재판을 말한다.

스갱 씨의 염소
- 파리의 감성 시인 피에르 그랭구아르에게

가엾은 친구, 그랭구아르! 대체 자네는 변한 게 없군.

아니! 파리의 저명한 신문사에서 기자 자리를 주겠다는데 그리도 꿋꿋이 거절했다며…… 불쌍한 친구. 하지만 자네 처지를 좀 보게! 구멍 난 윗도리에 찢어진 양말, 사흘은 굶은 듯 비쩍 마른 자네의 얼굴을 말이야. 아름다운 시를 쓰겠다는 열정이 자네를 그렇게 만들었지. 그 잘난 아폴론*을 섬기며 십 년간 헌신한 대가가 그거란 말일세…… 지금 자네 꼴이 부끄럽지 않은가?

그러니 바보짓은 그만두고 기자직을 받아들이게. 신문기자가 되란 말일세! 그렇게 되면 돈푼도 만지고, 브레방 식당에 가서 식사도 할 수 있고, 멋진 깃털 모자를 쓰고 개막 연극 공연에도 나타날

---

* 그리스 신화에 나오는 신으로 시와 음악을 관장하는 신으로 알려져 있다.

수 있지 않나…….

싫다고? 그러고 싶지 않다고? 끝까지 자유인 행세를 하겠다는
게로군……. 좋네, 그럼 내가 '스갱 씨의 염소' 이야기 한 편을 들
려주지. 진짜 자유를 원한 결과가 결국 어떻게 되는지 곧 알게 될
거야.

스갱 씨는 자신의 염소들 때문에 한시도 마음 편한 적이 없었
어. 매번 같은 방식으로 염소들을 잃어버리곤 했으니까 말이야.
스갱 씨의 염소들은 매어 놓은 밧줄을 끊고 산으로 도망치는 바
람에 결국엔 늑대들에게 잡아먹히곤 했지.

주인의 보살핌, 늑대에 대한 두려움, 그 무엇도 염소들을 붙들
어 두지 못했다네. 무슨 대가를 치르더라도 신선한 공기와 자유
를 맛보고 싶어 하는 독립심 강한 염소들이었던 모양이야.

가축들의 이런 기질을 결코 이해할 수 없었던 순진한 스갱 씨
는 매번 낙담해서는 이렇게 말하곤 했지.

"끝장이야. 염소들이 우리 집에 있는 걸 지겨워해서 한 마리도
남아 있질 않으니."

하지만 스갱 씨는 포기하지 않았어. 매번 같은 방식으로 여섯
마리의 염소를 잃고도 기어이 일곱 번째 염소를 사고 말았지. 하
지만 이번에는 집에 잘 적응하도록 아주 어린 염소로 골랐다네.

이보게, 그랭구아르! 스갱 씨의 새끼 염소가 얼마나 예뻤는지 아나! 순한 눈에 점잖은 수염, 반짝이는 검은색 발굽에 줄무늬 뿔, 거기에 흰 털을 망토처럼 두르고 있었지. 자네도 알 거야, 그랭구아르! 그 염소는 에스메랄다*의 어린 염소만큼이나 매력적이었다네. 게다가 온순하고 사람을 잘 따라서 젖을 짜는 동안에도 발버둥 치거나 먹이통에 발을 집어넣는 일도 없었어. 정말 사랑스러운 염소였지…….

스갱 씨의 집 뒤편에는 산사나무로 울타리를 친 밭이 있었는데 그곳에 새 식구를 두었다네. 목초지 중에서 가장 아름다운 곳에 말뚝을 박고 긴 줄을 달아 새끼 염소를 매어 둔 뒤 가끔씩 염소가 잘 지내는지 들여다보곤 했어.

새끼 염소는 행복해 보였고 풀도 열심히 뜯어먹는 것 같아 스갱 씨는 무척 기뻤다네.

"드디어, 이 집을 지겨워하지 않는 놈이 나타났군!"

불쌍한 스갱 씨는 이렇게 생각했지.

하지만 그건 스갱 씨의 착각이었어. 그 염소 역시 점점 지겨워하기 시작했다네.

---

* 빅토르 위고의 소설 《노트르담 드 파리》에 나오는 여주인공. 소설 속에서 집시인 에스메랄다는 염소를 데리고 다니며 춤을 추고 마술을 보여 준다. 이 편지를 받는 상대인 그랭구아르 또한 같은 소설에 나오는 등장인물 이름이다.

어느 날 염소가 산을 바라보며 생각했지.

"저 높은 곳에 올라갈 수 있다면! 목을 조르는 이 몹쓸 고삐 없이 풀밭을 뛰어다닐 수 있다면…… 얼마나 기쁠까! 당나귀나 소는 울타리 안에서 풀을 뜯어먹으면서도 만족해하지만 염소에게는 더 넓은 곳이 필요해."

그때부터 염소에게는 울타리 안의 풀들이 맛없어 보이기 시작했어. 지루함이 찾아온 거지. 염소는 점점 말라 갔고 젖도 잘 나오지 않았어. 염소가 온종일 산 쪽을 향해 콧구멍을 벌름거리면서 메에 하고 울며 줄을 잡아당기는 모습은 정말 보기 딱할 지경이었지.

스갱 씨도 자기 염소에게 무슨 일이 일어났다는 걸 곧 알아챘지만 그게 뭔지는 딱히 알 수 없었다네. 그러던 어느 날 아침이었지. 스갱 씨가 젖 짜는 일을 끝냈을 때, 염소가 그를 바라보며 염소들의 언어로 이야기했어.

"주인님, 제 말 좀 들어 보세요. 주인님의 집이 너무 지겨워요. 그러니 산으로 가게 해 주세요."

"아! 세상에나! 이 녀석도 마찬가지였어!"

당황한 스갱 씨는 소리치며 그만 우유 통을 떨어뜨렸다네. 그리고 염소 곁의 풀밭에 주저앉으며 말했어.

"뭐라고, 블랑케트! 너도 내 곁을 떠나고 싶다고?"

"네, 주인님."

블랑케트가 대답했어.

"여기 풀이 부족한 거니?

"오! 아니에요! 주인님."

"줄이 너무 짧아서라면 좀 더 길게 매 줄까?"

"그럴 필요 없어요, 주인님."

"그러면 어떻게 해 줄까? 원하는 게 뭐야?"

"산으로 가고 싶어요, 주인님."

"하지만 이 녀석아. 산에 가면 늑대가 있단 말이야……. 늑대가 나타나면 어떡하려고?"

"뿔로 받아 버릴게요, 주인님."

"늑대한테 네 뿔 따위는 우습단다. 너보다 훨씬 튼튼한 뿔을 가진 염소들도 쉽게 먹어 치웠지. 작년에 여기 살았던 불쌍한 늙은 염소 르노드를 기억하지? 숫염소만큼이나 힘이 센 사나운 대장 암염소였지. 르노드는 밤새 늑대와 사투를 벌였지만, 결국 아침녘에 늑대에게 잡아먹히고 말았단다."

"저런, 가엾은 르노드! 하지만 전 괜찮아요, 주인님. 절 산으로 가게 해 주세요."

"오 맙소사!"

스갱 씨가 한탄했어.

"대체 우리 염소들에게 무슨 일이 벌어진 거지? 또 한 마리가 늑대에게 잡아먹히게 생겼어. 아니, 안 돼……. 네 녀석이 뭐라고

해도 난 널 구할 거야! 줄을 끊어 버릴 수도 있으니 널 외양간에 가둬야겠다. 이제부터 넌 계속 거기에서 살아야 해."

결국 스갱 씨는 염소를 캄캄한 외양간으로 끌고 갔고 이중문을 굳게 잠가 버렸어. 하지만 불행히도 그만 창문을 닫는 걸 잊고 말았지. 그래서 스갱 씨가 돌아서자마자 이 녀석이 도망을 치고 말았다네.

그랭구아르 군, 자네 지금 코웃음 치고 있겠지? 그래, 그럴 거야. 자네는 선량한 스갱 씨의 뜻을 거스르는 염소들 편일 테니까⋯⋯. 하지만 자네가 조금 후에도 여전히 웃게 될지 한번 보겠네.

하얀 염소가 산에 도착했을 때 모두들 크게 기뻐했지. 늙은 소나무들도 지금껏 이렇게 예쁜 염소를 본 적이 없었어. 그래서 모두들 어린 여왕이라도 되는 듯 염소를 환영해 주었네. 밤나무들은 가지 끝으로 염소를 어루만지기 위해 납작 엎드렸고, 금작화들은 염소를 위해 길을 열어 주며 자신들이 낼 수 있는 가장 좋은 향기를 내뿜었지. 이렇게 온 산이 축제 분위기였어.

그랭구아르 군, 우리의 염소가 얼마나 행복했을지 상상해 보게나! 고삐도 말뚝도 없었고⋯⋯ 경중경중 뛰어다니며 마음대로 풀을 뜯어먹는 걸 방해할 이도 없었으니⋯⋯. 게다가 그곳에는 뿔 높이만큼이나 되는 풀들로 가득했어! 풀들은 또 어떻고? 맛 좋은 것, 부드러운 것, 톱니 모양으로 된 것들까지 수천 가지의 풀들이 널려 있었지. 농장 울타리 안의 풀들과는 전혀 달랐어. 게다가 꽃들도 있었어! 파란색의 커다란 은방울 꽃과 긴 꽃받침이 있는 자주색 디기탈리스까지…… 온통 짙은 향기를 풍기는 야생화들 천지였지!

분위기에 취한 하얀 염소는 네 발을 공중에 쳐들고는 낙엽이며 밤송이들과 하나가 되어 비탈을 구르기도 했어……. 그러다가 갑자기 네 발을 딛고 벌떡 일어서서는 머리를 앞으로 향해 덤불과 관목 숲 사이를 가로질러 산꼭대기에도 오르고, 골짜기를 달려 사방 위아래로 뛰어다녔지……. 누군가 이 광경을 보았다면 산 위에 스갱 씨의 염소가 열 마리쯤 있는 것 같았을 거야.

염소 블랑케트에게는 이제 아무것도 두려운 게 없었다네.

염소는 진흙 먼지와 물방울을 몸에 묻히며 너른 급류를 펄쩍 뛰어넘었지. 그리고 온몸에 물을 뚝뚝 흘리며 평평한 바위 위에 누워 햇빛 아래서 몸을 말리기도 했어……. 한번은 입에 금작화를 물고 고원 가장자리에 이르렀는데, 그 아래 평원으로 스갱 씨의 집과 뒤편 울타리가 내려다보이는 거야. 그 광경을 보며 염소는 눈물이 나도록 웃어 댔지.

"저렇게 작다니! 내가 어떻게 저 안에서 지낼 수 있었지?"

불쌍한 녀석! 높은 곳에서 내려다보니 자신이 세상만큼이나 커 보였던 거야……

어쨌든 스갱 씨의 염소에게 그날은 정말 멋진 하루였네. 그렇게 반나절이 지나도록 사방으로 뛰어다니던 염소는 머루를 아작아작 씹어 먹고 있는 한 무리의 산양을 만나게 되었어. 하얀 옷을 입고 뛰어다니는 우리의 작은 염소는 곧 그들의 관심을 한 몸에 받았지. 수놈들은 염소에게 머루를 따먹기 가장 좋은 자리를 내주며 너도나도 환심을 사려고 안달했다네.

참 그런데 그랭구아르, 이건 우리끼리 얘긴데…… 털이 검은 젊은 수놈 영양 한 마리는 블랑케트의 마음을 얻는 행운을 얻기도 했다네. 그래서 두 연인은 한두 시간쯤 숲길을 헤매고 다녔지. 두 연인이 서로 어떤 이야기를 나누었는지 궁금하다면 이끼 사이로 숨어 흐르는 수다쟁이 샘물에게 물어보거나.

그런데 갑자기 바람이 차가워졌어. 산은 보랏빛을 띠기 시작했지. 저녁이 찾아온 거야.

"벌써 저녁이네!"

작은 염소가 말했어. 그러다 깜짝 놀라 멈춰 섰지.

발아래 들판은 어느새 안개에 잠겨 있었어. 스갱 씨의 울타리는 안개 속에 사라져 버렸고 집도 연기가 조금 피어오르는 지붕만 겨우 볼 수 있었어. 블랑케트는 가축들을 불러 모으는 종소리를 들으며 마음이 서글퍼지는 걸 느꼈지……. 집으로 돌아가던 큰 매 한 마리가 날개로 염소를 스치며 지나갔어. 몸이 부들부들 떨리고…… 산 속 어디에선가 울부짖는 소리가 들려왔네.

"우! 우!"

블랑케트는 문득 늑대 생각이 났지. 정신이 없어 낮 동안에는 전혀 생각하지 못했던 그 늑대 말이야……. 그 순간 먼 골짜기에서 나팔 소리가 들렸어. 염소를 찾으려는 착한 스갱 씨의 마지막 노력이었지.

"'우! 우!'

늑대가 소리쳤어.

"돌아와! 돌아와!"

나팔 소리가 외쳤어.

블랑케트는 순간 되돌아가고 싶었다네. 하지만 말뚝, 고삐, 울타리를 떠올리자 이제 다시는 그런 생활을 할 수 없을 것 같아서 그냥 남기로 했지.

나팔 소리는 더 이상 들리지 않았어…….

그때 염소 뒤에서 나뭇잎이 바스락거리는 소리가 들렸네.

염소는 뒤를 돌아보았어. 어둠 속에서 쫑긋 세운 두 개의 짧은 귀와 번뜩이는 두 눈이 보였다네……. 늑대였어!

커다란 늑대는 움직이지도 않고 뒷발을 땅에 붙이고 앉아 하안 블랑케트를 쳐다보며 입맛을 다시고 있었어. 결국 염소를 잡아먹을 거라는 것을 잘 알고 있는 늑대는 절대 서두르지 않았어. 블랑케트가 뒤를 돌아보았을 때에는 심술 맞게 웃기 시작했지.

"하! 하! 스갱 씨의 작은 염소로군."

늑대가 웃으며 말하면서 커다랗고 시뻘건 혀로 입술을 핥았어.

블랑케트의 가슴은 철렁 내려앉았다네……. 순간, 늑대와 밤새 싸우다가 아침에 잡아먹힌 늙은 르노드의 이야기를 떠올렸어. 차라리 바로 잡아먹히는 게 낫겠다는 생각도 들었지. 하지만 곧 생각을 고쳐먹었다네. 그는 스갱 씨의 용감한 염소답게 고개를 낮추고 뿔을 앞으로 내밀어 방어 자세를 취했어. 그렇지만 자신이 늑대를 죽일 수 있을 거라곤 생각하지 않았어. 염소가 늑대를 죽일 수는 없을 테니 말이야. 하지만 르노드만큼 오래 버틸 수 있는지는 확인해 보고 싶었던 거야…….

순간, 괴물이 달려들고 염소의 작은 뿔들도 춤을 추기 시작했지.

아! 그 용감한 꼬마 염소가 얼마나 혼신의 힘을 다해 싸웠는지! 거짓말이 아니네, 그랭구아르. 블랑케트는 늑대가 열 번도 넘게 뒤로 물러서 숨을 몰아쉬도록 만들었다네. 그 짧은 휴전 시간에도 먹보 염소는 좋아하는 풀을 재빨리 뜯어 한입 물고서 다시 싸움을 시작했어……. 싸움은 밤새 계속되었다네. 가끔 맑은 하늘에서 춤을 추는 별들을 보며 스갱 씨의 염소는 생각했어.

"아! 새벽까지만 버틸 수 있다면……."

별들이 하나둘씩 사라져 갔지. 블랑케트는 더욱 거세게 뿔로 받아쳤고, 늑대의 이빨 공격 또한 점점 사나워졌어……. 희미한 빛이 지평선 위로 나타나고…… 목이 쉰 닭의 울음소리가 농장에서 들려왔다네.

"드디어 날이 밝았구나!"

불쌍한 블랑케트가 중얼거렸어. 죽기 위해 날이 밝아 오는 것만을 기다렸던 셈이야. 그리고 마침내 하얀 털이 온통 피로 물든 채 염소는 쓰러져 버렸어…….

이어 달려든 늑대는 작은 염소를 금세 먹어 치우고 말았지.

잘 있게나. 그랭구아르!

자네가 지금 들은 이야기는 내가 지어낸 이야기가 아닐세. 혹시 자네가 프로방스 지방에 오면 '밤새 늑대와 싸우다가 아침에 잡아먹힌 스갱 씨의 염소' 이야기를 농부들이 종종 들려줄 거야.

잘 들었길 바라네. 그랭구아르!

'아침에 늑대가 염소를 잡아먹었다네.'

아를의 처녀

내가 있는 풍차 방앗간에서 내려와 마을로 가다 보면 길가에 서 있는 농가 하나를 지나게 됩니다. 농가의 널따란 안마당 구석에는 팽나무들이 심어져 있습니다. 붉은 기와지붕의 갈색 건물 정면 외벽에는 불규칙한 구멍이 나 있고, 건물 꼭대기에는 풍향계가 솟아 있으며, 남아도는 퇴비와 건초 더미들을 끌어올리는 도르래가 달려 있는, 전형적인 프로방스 지방의 농가입니다.

이 집이 왜 그토록 내게 강한 인상을 주었을까요? 굳게 닫힌 이 집의 대문이 어째서 내 마음을 죄어 온 걸까요? 이유는 딱히 말할 수 없지만 이 집은 내 가슴을 서늘하게 만드는 뭔가가 있었습니다. 집 주위는 너무나 적막했습니다. 사람들이 지나가도 개들조차 짖지 않았고 뿔닭들도 울지 않고 도망가기에만 바빴습니다. 집 안에서는 아무런 기척도 없습니다. 당나귀 방울 소리조차 들리지 않습니다. 창문에 드리운 하얀 커튼이나 지붕 위로 솟아오르는 연기가 아니었다면 사람들은 이곳에 아무도 살지 않는다고 생각했을 것입니다.

어제, 정오를 알리는 종소리가 울릴 무렵이었습니다. 마을에서 집으로 돌아오던 나는 햇빛을 피하기 위해 팽나무 그늘이 드리운 농가 담벼락을 따라 걷고 있었습니다……. 그날따라 농가 앞 길에서 하인들이 말없이 건초를 손수레에 싣고 있었던 탓에 대문이 활짝 열려 있었습니다. 지나면서 살짝 들여다보니, 마당 안쪽에 체구가 큰 백발노인이 커다란 돌 탁자 위에 팔을 받친 채 손으로 머리를 감싸고 있는 모습이 눈에 들어왔습니다. 노인은 매우 짧은 저고리에 다 해진 바지를 입고 있었습니다. 나는 걸음을 멈추었습니다. 그러자 하인 하나가 낮은 목소리로 내게 말했습니다.

"쉿! 저희 주인님이세요. 아드님이 사고를 당한 뒤부터 줄곧 저러고 계신답니다."

바로 그때 검은 옷을 입은 여인과 한 소년이 커다란 금장 성경책을 들고 우리 곁을 지나 농가로 들어갔습니다.

하인이 덧붙여 말했습니다.

"안주인과 작은아들이 미사를 보고 오는 거랍니다. 아드님이 자살한 뒤로는 둘이서 매일 간답니다……. 아! 딱하기도 해라!

아버지는 지금 죽은 아들의 옷을 입고 있는 거예요. 아무도 그 옷을 못 건드리게 해요. 이랴! 위! 자, 출발하자!"

수레가 떠나려 했지만 나는 사연을 더 듣고 싶었습니다. 그래서 하인에게 옆에 앉게 해 달라고 부탁했습니다. 나는 마차 위 건초 더미 위에서 가슴 아픈 이야기를 마저 들을 수 있었습니다.

그의 이름은 장이었습니다. 스무 살의 멋진 농부로 소녀처럼 온순하면서도 건장하고 쾌활한 성격을 지닌 청년이었습니다. 얼굴도 잘생겨서 여인들의 시선을 한 몸에 받곤 했지만 그의 머릿속에는 오직 한 명의 여인만 있었습니다. 어느 날 아를의 리스 산책길을 걷다가 만난 벨벳과 레이스로 한껏 치장한 아를의 소녀였습니다.

처음에 농장에서는 두 사람의 관계를 좋게 보지 않았습니다. 소녀가 헤픈 여자로 소문이 나 있는 데다 그녀의 부모 또한 타지 출신이었기 때문입니다.

하지만 장은 아를의 소녀가 아니면 안 된다고 고집을 피웠습니다. 심지어 이렇게 말하기까지 했답니다.

"그녀를 얻지 못할 바엔 차라리 죽어 버리겠어요."

할 수 없이 가족들은 추수가 끝난 뒤 두 사람을 결혼시키기로 했습니다.

그러던 어느 일요일 저녁, 농장 마당에서 식구들의 저녁 식사가 끝나 갈 무렵이었습니다. 식사 자리는 거의 결혼 피로연 분위기로 약혼녀는 없었지만 사람들은 연신 그녀를 위해 축배를 들었습니다. 그때 갑자기 문간으로 한 남자가 들어와 떨리는 목소리로 집주인 에스테브 영감과 둘이서만 이야기할 수 있겠느냐고 물었습니다. 에스테브는 자리에서 일어나 길거리로 나왔습니다.

"어르신, 어르신은 지금까지 두 해나 제 정부로 지냈던 바람둥이 여자와 아드님을 결혼시키려 하고 있습니다. 제 말이 사실인지 아닌지 증거를 보여 드리지요. 여기 이 편지들입니다! 그녀의 부모도 이 사실을 알고 그녀를 제게 주겠다고 약속했습니다. 그런데 아드님이 그 여자를 쫓아다닌 뒤로는 그녀도 그녀의 부모도 저를 더 이상 만나 주지 않는군요. 이런 여자가 다른 사람의 아내가 된다는 건 정말 말도 안 된다고 생각합니다."

남자가 말했습니다.

"알겠소. 들어와서 포도주나 한잔 하고 가시오."

편지들을 훑어본 에스테브 영감이 말했습니다.

그러자 남자가 대답했습니다.

"감사합니다! 하지만 제겐 목마름보다 슬픔이 더 크답니다."

남자가 떠나고 아버지는 아무 내색도 않고 다시 자리에 앉아 즐겁게 식사를 마쳤습니다.

그날 저녁 에스테브 영감이 그의 아들이 함께 들로 나갔습니다. 두 사람은 꽤 오랜 시간 동안 밖에 머물렀습니다. 두 사람이 돌아왔을 때 어머니가 기다리고 있었습니다.

"여보, 이 애를 잘 안아 주오. 마음이 많이 아플 거요."

주인은 아들을 아내에게 맡기며 말했습니다.

이후로 장은 더 이상 아를의 소녀에 대한 이야기를 꺼내지 않았습니다. 하지만 그는 여전히 그녀를 사랑하고 있었습니다. 아니, 다른 남자의 품에 있는 여자라는 사실을 알게 된 뒤 오히려 더욱 사랑했습니다. 자존심 때문에 아무 말도 하지 못했을 뿐이었지요. 그것이 결국 이 불쌍한 청년을 죽음에 이르게 했던 겁니다……! 어떤 때는 하루 종일 꼼짝 않고 구석에 처박혀 지내기도 했습니다. 또 어떤 날은 분노에 차서 밭을 갈기 시작해 열 명의 인부들이 할 일을 혼자서 해치우기도 했습니다.

저녁이 되면 석양 속에서 아를 쪽으로 난 길을 따라 걷다가 아를의 뾰족한 첨탑들이 보이는 곳에 다다르곤 했습니다. 하지만 그는 이내 돌아왔고 더 이상 멀리 가지 않았습니다.

이렇게 항상 슬프고 외로운 그의 모습을 보며 농장 식구들은 어찌할 바를 몰랐습니다. 그들은 무슨 불행한 일이라도 생길까 두려워했습니다. 한번은 그의 어머니가 눈물을 가득 머금은 채 그를 바라보며 말했습니다.

"장. 네가 여전히 바란다면 그 아이와 결혼해도 좋아."

수치심으로 얼굴이 붉어진 아버지는 고개를 숙였습니다.

장은 고개를 저으며 밖으로 나가 버렸습니다.

그날부터 장의 생활 태도는 바뀌었습니다. 부모님을 안심시키기 위해 그는 늘 명랑한 척했습니다. 무도회장이나 파티에 참석하기도 하고 가축에게 낙인을 찍는 행사에 모습을 드러내기도 했습니다. 퐁비에이유 수호성인 축제에서는 자기가 먼저 나서서 파랑돌 춤을 추었습니다.

"이젠 다 잊었나 보구려."

아버지의 말과 다르게 어머니는 여전히 그를 염려하며 더욱 세심하게 아들을 살폈습니다. 장은 양잠실 바로 옆방에서 동생과 함께 잠을 잤는데, 가엾은 어머니는 아들들의 방 옆에 자신의 잠자리를 마련했습니다. 밤중에 누에들을 살필 일이 있을지도 모른다는 핑계를 대면서 말입니다…….

그러던 중 농부들의 수호성인인 성 엘루아의 축일이 다가왔습니다.

농장은 축제 분위기였습니다. 샴페인은 모두 먹고도 남을 만큼 넉넉했고 고급 포도주도 소낙비처럼 넘쳐 났습니다. 폭죽이 터지는 가운데 마당에서는 모닥불이 타올랐고, 팽나무에는 형형색색의 등이 걸렸습니다. 성 엘루아 만세! 사람들은 지쳐 쓰러질 때까지 파랑돌 춤을 추었습니다. 그 바람에 농장 주인의 작은아들은 새로 산 옷을 불에 태워 먹기도 했습니다. 장 또한 기분이 좋아 보였습니다. 그는 어머니에게도 함께 춤을 추자고 했고, 그의 가련한 어머니는 행복감에 눈물을 흘리기도 했습니다.

자정이 되어서야 사람들은 잠자리에 들었습니다. 모두들 지쳐 있었지만 장은 잠들지 않았습니다. 작은아들 말에 따르면 그날 밤 장은 밤새 흐느꼈다고 합니다. 오! 장은 여전히 그 여자에게 빠져 있었던 것입니다.

다음 날 새벽, 어머니는 누군가 자기 방 앞으로 뛰어가는 소리를 들었습니다. 그리고 곧 이상한 예감이 들었습니다.

"장, 너니?"

장은 대답하지 않았습니다. 그는 이미 계단을 올라가고 있었습니다.

어머니는 허둥지둥 일어났습니다.

"장, 어디 가는 거니?"

그는 헛간으로 올라가고 있었습니다. 어머니는 서둘러 그를 뒤따라갔습니다.

"애야, 아들아."

장은 문을 닫고 자물쇠를 잠갔습니다.

"애야, 장. 대답 좀 하렴. 지금 뭐 하는 거니?"

어머니가 떨리는 손으로 더듬어 자물쇠 구멍을 찾았습니다……. 창문 하나가 열려 있었고…… 마당의 타일 위로 사람이 떨어지는 소리가 들렸고…… 그것으로 끝이었습니다.

가엾은 청년은 이렇게 중얼거렸답니다.

"그녀를 정말 사랑해. 멀리 떠날 거야."

아! 우리 사람의 마음이란 얼마나 연약한 것인지! 경멸로는 사랑의 감정을 억누를 수 없었나 봅니다.

아침이 되자 에스테브의 농장에서 들린 비명 소리가 궁금했던 마을 사람들이 몰려들었습니다.

농장 마당에서는 이슬과 피로 뒤덮인 돌 탁자 앞에서 옷도 제대로 챙겨 입지 못한 어머니가 죽은 아들을 품에 안고 울고 있었습니다.

교황의 노새

자신들의 이야기에 맛을 더하기 위해 우리 프로방스 농부들이 쓰는 미사여구나 격언, 속담들을 통틀어 나는 이처럼 생생하고 특이한 말을 들어 본 적이 없습니다. 내가 사는 풍차 방앗간 주위의 사람들은 복수심과 앙심을 품고 있는 사람에 대해 이렇게 말하곤 합니다.

"그 친구를 조심하시오! 칠 년 동안 발길질을 참아 온 교황의 노새 같은 자랍니다."

그래서 나는 이 속담이 어디서 유래한 것인지 꽤나 오랫동안 조사해 보았습니다. 교황의 노새는 대체 뭘 말하고, 칠 년 동안 참아 온 발길질이라는 게 무슨 말인지 말입니다. 그런데 이곳 사람들 그 누구도 이에 대해 제대로 알려 주는 사람은 없었습니다.

심지어 프로방스에서 전해 오는 이야기들을 손바닥 보듯 꿰뚫고 있는 피리 부는 프랑세 마마이 영감님조차 모른다고 했습니다. 영감님도 나와 마찬가지로 이 속담이 아비뇽 지방의 오래된 이야기와 연관이 있다고 추측할 뿐 구체적인 이야기는 들은 바가 없다고 했습니다.

"시갈 도서관에나 가야 찾을 수 있을 거야."

피리 부는 영감님이 웃으며 내게 말했습니다.

나쁘지 않은 생각이라 여긴 나는 거의 일주일 동안 도서관에 살다시피 했습니다. 마침 시갈 도서관은 가까운 곳에 있었습니다.

도서관은 정말 훌륭했습니다. 잘 정돈되어 있었고 예술가들에게는 밤낮으로 개방되어 있었을 뿐만 아니라 매미들은 하루 종일 노래까지 들려주었습니다. 나는 이곳에서 며칠 동안 즐거운 시간을 보냈습니다. 그리고 일주일을 조사한 끝에 내가 원하던, 그러니까 노새 이야기와 칠 년 동안 참아 왔다는 그 유명한 발길질의 유래를 마침내 찾아냈습니다.

어제 아침에 핀 라벤더 향내가 풍기는 가운데 거미줄이 책갈피 대신 꽂혀 있던 색 바랜 필사본에서 읽은 이 소박하고도 아름다운 이야기를 지금 그대로 전하려 합니다.

교황 시대의 아비뇽을 보지 못한 사람은 아비뇽을 안다고 말할 수 없을 것입니다. 아비뇽은 유쾌하고 생기가 넘치며 끝없는 축제가 이어지는, 다른 데서는 찾아볼 수 없는 그런 도시였습니다. 아침부터 밤까지 예배를 보려는 사람들과 순례자들의 행렬이 끊이지 않았고, 꽃들이 흩어진 거리에 고급 태피스트리*들이 걸려 있었습니다. 론 강을 따라 깃발을 바람에 휘날리는 배를 타고 추기경들이 찾아오고, 광장에는 교황의 병사들이 라틴어로 노래를 부르고, 연보금**을 모으는 수도사들이 떠드는 소리도 들려왔습니다. 교황청을 둘러싸고 위아래로 몰려 있는 집들에서 들려오는 왁자지껄한 소리들이 마치 벌집 주위를 맴도는 벌들의 소리 같았습니다. 그 시절에는 레이스 짜는 사람들이 있어 바늘이 째깍거리는 소리, 베틀 북이 빠르게 왔다 갔다 하며 사제들의 제의에 금실을 수놓는 소리, 미사용 물병에 조각을 새기는 세공사의 망치질 소리, 현악기 제조인의 집에서 음향판 만드는 소리, 베틀을 짜는 여인들의 찬송가 소리를 들을 수 있었습니다. 게다가 종 치는 소리며 아래쪽 다리 주변에서 북을 치는 소리까지 온갖 소리들이 끊이질 않았습니다. 이 고장 사람들은 기분이 좋으면 언제든지 춤을 추어야 직성이 풀렸습니다. 당시 마을에서 파랑돌을 추기에는 길이 너무 좁았기에 피리 연주자들과 북 치는 사람들은 아비뇽 다리 위에서 자리를 잡고 앉아 론 강의 시원한 바람 속에서 연주를 하며 밤낮없이 춤을 추곤 했습니다…… 아,

---

* 다채로운 색깔로 염색된 실로 그림을 짜 넣은 직물을 말한다.
** 헌금을 일컫는 말이다..

얼마나 행복한 시절이었는지! 아, 얼마나 행복한 마을이었던지! 도끼나 창 따위는 쓸 일이 없었고, 감옥도 포도주 보관 창고로나 쓰던 시절이었습니다. 기근도 없고 전쟁도 없는 데다…… 교황령 시대의 교황들은 또 얼마나 백성들을 잘 다스렸는지…… 그래서 지금도 사람들은 그 시절을 그리워하나 봅니다!

교황 중에는 보니파스라 불리는 분이 계셨습니다. 덕망 높고 연배가 지긋한 분으로, 그분이 세상을 떠났을 때 아비뇽 사람들이 얼마나 많은 눈물을 흘렸던지요! 정말 상냥하고 싹싹한 분이셨습니다. 노새를 타고 다니며 사람들에게 늘 미소를 지어 주셨고, 그분 곁으로 다가가기만 하면 당신이 꼭두서니 염료를 따는 가난뱅이건 마을 최고의 법관이건 상관없이 정성껏 축복을 내려 주셨습니다! 그는 진정한 프로방스의 교황이셨습니다. 언제나 세련된 미소에 모자에는 꽃박하 잎사귀를 꽂고 다니셨고 여자들에게는 손톱만치도 관심이 없었습니다. 착한 교황님이 유일하게 정신을 팔았던 것은 그분의 포도밭뿐이었습니다. 아비뇽에서 약 십이 킬로미터 떨어진 샤토 뇌프의 도금양 숲속에 있는, 그분이 직접 일군 작은 포도밭이었지요. 일요일 미사를 마치면 존경하는 교황님께서는 꼭 그곳에 들르곤 했습니다. 교황께서 포도밭에 노새를 세워 두고 햇빛 잘 드는 높은 곳에 자리해 앉으시면 추기경들은 나무 그루터기에 죽 둘러앉곤 했습니다. 그러면 교황은 그곳에서 난 포도주 한 병을 따고는 했습니다. 그때부터 '샤토-뇌프 데 파프'라는 이름으로 불리게 된 루비빛이 도는 맛난 포도주였습니다. 교황은 포도주를 잔에 따라 조금씩 홀짝거리며 애정 어린 눈으로 포도밭을 바라보고는 했습니다. 포도주 병이 다 비고 해가 떨어지면 교황께서는 수행하는 이들을 뒤로 세운 채 흐뭇한 마음으로 마을로 돌아가곤 했습니다. 돌아가는 길에서 북소리와 파랑돌 춤이 한창인 아비뇽 다리를 건널 때면 교황의 노새는 음악 소리에 흥이 나 경중경중 발을 굴렀고 교황도 모자를 벗어 들고 박자를 맞추곤 했습니다. 이런 행동에 추기경들은 적잖이 당황했지만 사람들은 무척이나 좋아했습니다.

"아! 정말 멋진 교황님이셔! 정말 마음씨 좋은 교황님이야!"

교황께서 샤토뇌프의 포도밭 다음으로 아낀 것은 다름 아닌 그의 노새였습니다. 그분은 이 짐승을 매우 사랑했습니다. 매일 저녁 잠자리에 들기 전이면 노새의 우리는 잘 잠겨 있는지, 여물통 속에 먹이는 부족하지 않은지 보살피곤 했습니다. 게다가 노새에게 먹일 설탕과 향료를 듬뿍 넣은 포도주를 커다란 프랑스식 그릇에 준비하는 것을 직접 눈으로 확인하기 전에는 절대로 식탁에서 일어나지 않으셨습니다. 심지어 추기경들이 모두 지켜보는 가운데 몸소 먹이를 갖다 주시기도 했지요……. 이 노새는 충분히 대접을 받을 만했습니다. 검은색 털에 빨간 반점이 있는 이 아름다운 노새는 튼튼한 다리와 윤기가 흐르는 털에 크고 탐스러운 엉덩이를 가지고 있었습니다. 온갖 매듭에 은방울이며 장식용 술로 치장한 조그만 얼굴에는 도도함이 넘쳤습니다. 더구나 이 노새는 천사처럼 순한 데다 순진한 눈과 쫑긋한 두 개의 커다란 귀 때문에 마치 착한 어린아이처럼 보였습니다. 아비뇽 사람들도 누구나 이 노새를 아꼈고 노새가 거리를 지날 때면 더없이 극진하게 예를 갖추었습니다. 그것이 교황으로부터 총애를 받는 지름길이라는 걸 잘 알고 있었고, 실제로 이 순진한 표정의 노새 덕분에 행운을 얻게 되는 경우도 있었기 때문입니다. 티스테 베덴을 둘러싸고 벌어졌던 떠들썩한 사건이 그런 사실을 증명해 줍니다.

티스테 베덴이라는 사람은 본래 못 말리는 말썽꾼이었습니다. 그의 아버지 기 베덴은 금 세공사였는데 티스테가 일꾼들을 꾀여 못된 짓을 하고 다니는 바람에 일꾼들은 물론 아들까지 집에서 쫓아내 버렸습니다. 사람들은 그가 아비뇽의 개울가, 그것도 교황청 근처에서 빈둥대는 모습을 육 개월이나 지켜볼 수 있었습니다. 이 한량 녀석은 꽤나 오래전부터 교황의 노새에게 수작을 걸어 볼 생각을 품고 있었습니다. 그가 얼마나 교활한 짓을 했는지 이제부터 말해 드리겠습니다.

어느 날 교황은 노새를 타고 성 주변을 혼자서 산책하고 있었습니다. 바로 이때 우리의 티스테가 교황에게 접근했습니다. 두 손을 모으며 교황에게 존경의 뜻을 표한 뒤 그가 말했습니다.

"오! 세상에! 교황 성하! 정말 훌륭한 노새를 가지고 계시군요!

제가 노새를 좀 봐도 될까요? 아! 성하, 정말 멋진 노새입니다! 독일 황제도 이런 노새는 가지고 있지 못할 것입니다."

그는 노새를 쓰다듬으며 마치 젊은 처녀에게 하듯 부드럽게 말을 건넸습니다.

"자, 이리 오렴, 우리 귀염둥이, 우리 보물단지, 우리 진주……."

그의 태도에 감동한 순진한 교황은 속으로 생각했습니다.

'정말 기특한 녀석이군. 내 노새에게 이토록 잘해 주다니 말이야!'

그리고 다음 날 무슨 일이 일어났을까요?

티스테 베덴은 그의 누런색 낡은 재킷 대신 레이스 장식의 예복에 자주색 비단으로 만든 망토를 두르고 버클 달린 구두를 신고 교황의 성가대에 들어가게 되었습니다. 귀족의 자식들이나 추기경들의 조카들만 들어갈 수 있다는 그 교황 성가대에 말입니다……. 그의 술책이 성공한 것입니다! 하지만 티스테는 여기에 만족하지 않았습니다.

일단 교황을 곁에서 모시는 데 성공한 이 약삭빠른 인간은 계속 다른 계책들을 짜냈습니다. 다른 사람들에게는 늘 그렇듯이 건방지게 굴었지만 노새에게는 온갖 관심과 정성을 아끼지 않았습니다. 녀석은 늘 귀리 한 움큼, 콩 한 다발씩을 들고 궁 안뜰을 드나들었습니다. 그리고 교황이 있는 발코니를 쳐다보며 분홍색 콩 다발을 부드럽게 흔들었습니다. 그것은 마치 이렇게 말하는 듯했습니다.

"자, 이게 누구 것일까요?"

나날이 기력이 쇠하는 걸 느끼고 있던 착한 교황님은 결국 티스테에게 외양간 돌보는 일과 노새에게 프랑스식 포도주 사발을 준비하는 일을 맡겼습니다. 추기경들이 눈살을 찌푸리는 가운데 말입니다.

그런데 불만스럽기는 노새도 마찬가지였습니다……. 이제는 포도주를 마실 시간이 되면 망토와 레이스 옷을 걸친 여섯 명의 성가대 단원들이 몰려와 건초 위에 재빨리 자리 잡고 앉는 모습을 봐야 했습니다. 그리고 잠시 후, 따스한 캐러멜과 향료의 좋은 냄새가 외양간 전체에 퍼지며 티스테 베덴이 프랑스식 포도주 사발을 조심스럽게 들고 나타납니다. 그 순간부터 이 불쌍한 노새에게는 순교자와도 같은 고문이 시작됩니다.

향료를 넣은 포도주는 몸을 따뜻하게 해 주고 마시면 날개를 달고 날아오를 듯해서 노새가 특히 좋아하는 먹이였습니다. 하지만 티스테는 잔인하게도 그것을 먹이통에 부어 냄새만 맡도록 만들었습니다. 이렇게 노새가 포도주 향을 코로만 잔뜩 들이키게 한 뒤 티스테 일당은 아름다운 장미처럼 붉은 빛깔이 나는 포도주를 자기들끼리 모조리 목구멍으로 넘겨 버렸습니다. 포도주를 훔쳐 먹은 뒤 일당은 이것만으로 성이 차지 않았는지 작은 악마처럼 변해 버리곤 했습니다. 어떤 녀석은 노새의 귀를, 다른 어떤 녀석은 노새의 꼬리를 잡아당겼고, 키케라는 놈은 등에 올라 탔고 벨뤼게는 자기 모자를 노새에게 씌우려 했습니다. 만약 노 새가 허리를 튕기거나 뒷발질이라도 하면 모두 북극성까지 날아 가 버릴 수도 있다는 걸 전혀 생각하지 않는 듯했습니다. 하지만 그럴 수는 없는 일이었지요! 교황의 노새가 괜히 교황의 노새이 겠습니까? 바로 관용과 은총의 노새가 아니겠습니까……. 녀석 들이 아무리 못된 짓을 해도 노새는 화를 내지 않았습니다. 하지 만 티스테 베덴에게만큼은 원한을 가지고 있었습니다……. 티스 테가 뒤에 있는 것을 느낄 때마다 노새는 발굽이 근질거렸습니 다. 당연히 그럴 만도 했지요. 불한당 같은 티스테가 노새에게 한 못된 짓을 생각하면 말입니다! 포도주를 가지고 그가 얼마나 잔 인하게 굴었던지!

그런데 누가 알았겠습니까? 어느 날 티스테가 노새를 데리고 성에서 제일 높은 종탑 끝까지 올라갈 생각까지 하게 될 줄 말입 니다! 이건 절대 지어낸 이야기가 아닙니다. 이십만 명이나 되는 프로방스 사람들이 모두 그 광경을 지켜보았기 때문입니다. 불 쌍한 노새가 얼마나 무서웠을지 한번 상상해 보십시오. 한 시간 동안 눈을 가린 채 나선형 계단을 돌고 돌아 셀 수 없이 많은 계 단을 올라가니 어느새 눈부시게 밝은 곳에 서 있었고, 천 길 낭떠 러지 밑으로 휘황찬란한 아비뇽 시가의 모습이 보이는 게 아니 겠습니까? 시장의 가판대들이 굵은 밤송이만하고, 막사 앞에 서 있는 교황 근위대들은 마치 불개미들처럼 보였습니다. 저 아래, 은빛 실타래처럼 펼쳐진 강 위의 작은 다리에서 사람들이 춤추는 모습도 보였습니다. 아! 가엾은 노새는 얼마나 심장이 떨렸을까요? 노새가 내지른 비명 소리가 얼마나 컸던지 성의 창문들이 흔들릴 정도였습니다.

"무슨 일이냐? 노새에게 무슨 일이 일어난 거야?"

착한 교황이 황급히 발코니로 나가며 소리쳤습니다.

티스테 베덴은 이미 마당으로 내려와서는 우는 척을 하며 머리를 쥐어뜯고 있었습니다.

"아! 교황님! 이게 웬일입니까! 교황님의 노새가……. 세상에! 어찌 이런 일이? 교황님의 노새가 종탑 꼭대기까지 올라갔습니다."

"혼자서 말이냐?"

"네, 그렇습니다. 교황님. 혼자서 올라갔습니다. 저, 저기요, 저 위를 보세요……. 두 마리 제비처럼 삐죽 나온 노새의 귀 끝이 보이시지요?"

"이럴 수가! 노새가 미친 모양이구나! 아니면 자살이라도 하려는 게냐……. 바보 같은 녀석아. 빨리 내려오지 못해!"

가엾은 교황이 위를 올려다보며 소리쳤습니다.

노새라고 내려가고 싶지 않았겠습니까? 하지만 어떻게 내려간단 말입니까? 계단을 다시 내려간다는 건 상상할 수도 없었습니다. 계단을 더 오른다면 몰라도 계단을 내려가다가는 백 번 천 번이고 다리를 부러뜨리고 말 것입니다……. 절망에 싸인 가엾은 노새는 이렇게 망루를 오락가락하며 현기증으로 동그래진 눈으로 티스테 베덴을 원망하고 있었습니다.

'이 악당 같은 놈, 여기서 내려가기만 해 봐라. 내일 아침 당장 발길질을 해 줄 테다!'

녀석을 발로 차 버릴 생각에 노새의 마음이 조금 가라앉았습니다. 그런 생각마저 없었다면 노새는 견딜 수 없었을 겁니다. 마침내 사람들은 저 꼭대기에서 노새를 끌어 내리는 데 성공했습니다. 하지만 그것은 굉장한 작업이었습니다. 기중기와 밧줄, 들 것까지 동원되어야 했으니 말입니다.

높은 밧줄에 매달려 공중에서 풍뎅이처럼 네 발을 팔딱거리는 모습을 보여 준 교황의 노새는 또 얼마나 수치스러웠겠습니까? 게다가 온 아비뇽 사람들이 그 모습을 지켜보고 있었지요!

이 불쌍한 짐승은 밤새 잠을 이룰 수 없었습니다. 자신이 여전히 그 저주스러운 망루 위를 돌고 있고 아래쪽에서는 마을 사람들의 비웃음 소리가 들리는 것만 같았습니다. 노새는 못된 티스테 베덴을 생각하며 내일 아침 그에게 멋진 발길질을 해 주리라 다짐했습니다. 아! 얼마나 통쾌한 발길질일까요? 팡페리구스트에서까지 볼 수 있도록 연기가 피어오를 겁니다! 노새가 외양간에서 그를 멋지게 맞이할 준비를 하고 있는 동안 티스테 베덴은 무엇을 하고 있었을까요? 그는 교황의 배를 타고 노래를 부르며

론 강을 따라가고 있었습니다. 아비뇽 시가 매년 귀족 가문의 자녀들을 뽑아 외교와 예절을 가르치기 위해 잔 여왕에게 보내는 사절단에 끼어 나폴리 궁전으로 가게 된 것입니다. 티스테는 귀족이 아니었지만 교황은 자신의 노새를 돌봐 준 그에게 보답을 해야 한다고 고집을 부렸습니다. 특히나 그 끔찍한 날에 보여 주었던 노력이 큰 역할을 했던 것입니다.

다음 날 누구보다도 실망한 것은 바로 노새였습니다.

"아! 악당 같은 녀석이! 뭔가 눈치를 챈 모양이군!'

노새는 분노에 방울을 떨며 생각했습니다.

'하지만 상관없어. 나쁜 녀석, 네가 돌아올 때까지 발길질을 아껴 두었다가 한꺼번에 돌려주마.'

노새는 정말로 그를 위해 발길질을 아껴 두었습니다.

티스테가 떠난 후, 교황의 노새는 다시 평온한 일상을 되찾았고 예전처럼 우아한 모습으로 돌아갔습니다. 외양간에는 키케도 벨뤼게도 찾아오지 않았습니다. 포도주를 마실 수 있는 좋은 시절이 되돌아와 한잔하며 기분도 내고 오랜 시간 낮잠도 즐길 수 있었습니다. 아비뇽 다리 위를 지날 때는 예전처럼 리듬을 타며 춤을 추듯 걷기도 했습니다. 하지만 그 사건 이후로 마을 사람들이 노새를 대하는 태도는 조금 차가워진 듯했습니다. 길을 지날 때 사람들은 쑥덕거리고, 할머니들은 고개를 절레절레 흔들었으며, 어린아이들은 종탑 위를 가리키며 낄낄대기도 했습니다. 착한 교황조차 친구 같던 노새를 예전만큼 신뢰하지 않았습니다. 일요일 날 포도밭에서 돌아올 때 노새 등 위에서 교황은 잠깐씩 졸면서 이런 생각을 하곤 했습니다.

'잠에서 깨면 나도 저 망루 위에 올라가 있는 게 아닐까?'

노새는 이 모든 것을 알고 있었지만 아무 말 없이 잘 견뎠습니다. 하지만 사람들이 자기 앞에서 티스테 베덴이라는 이름을 말할 때는 귀를 부들부들 떨었고, 자갈길에다 발굽을 갈며 회심의 미소를 짓곤 했습니다.

이렇게 칠 년이라는 세월이 흘렀습니다. 칠 년이 지나갈 무렵 티스테 베덴은 나폴리 궁정에서 돌아오게 되었습니다. 일이 다 끝난 게 아니었지만 교황의 겨자 그릇 시중을 들던 시종이 갑자기 죽었다는 소식을 듣고 자기에게 딱 맞는 자리라고 생각한 그가 서둘러 아비뇽으로 돌아온 겁니다.

교활한 베덴이 교황의 궁에 다시 들어섰을 때 교황은 키와 몸집이 커진 그를 알아보지 못했습니다. 물론 교황이 너무 늙어 안경 없이는 잘 볼 수 없던 탓도 있었지만 말입니다.

티스테는 머뭇거리지 않았습니다.

"저런! 교황 성하. 저를 못 알아보시겠습니까? 접니다. 티스테 베덴!"

"베덴이라고?"

"그렇습니다. 그러니까…… 교황님의 노새에게 향료 넣은 포도주를 먹이던…….”

“아! 그래, 그래…… 기억나. 착한 청년 티스테 베덴! 그런데 오늘은 무슨 일로 날 찾아왔나?”

“아! 별일은 아닙니다. 교황님. 저는 그저 교황님의 안부를 묻고 싶어서…… 그 노새는 여전한가요? 잘 지내고 있지요? 아! 다행이군요! 참, 얼마 전 교황 성하의 겨자 그릇을 드는 수석 시종이 돌아가셨다고 하던데 그 자리를 제게 맡겨 주시면 어떨까요.”

“수석 시종을? 하지만 자네는 너무 젊지 않나? 그나저나 자네가 몇 살이지?”

“스무 살 하고도 두 달 지났습니다, 고매하신 교황 성하. 교황님의 노새보다 정확하게 다섯 살이 더 많지요. 아! 그 노새는 정말 멋있었는데! 제가 그 노새를 얼마나 좋아했는지 몰라요. 이탈리아에서도 그 녀석이 얼마나 그립던지! 그 노새를 좀 볼 수 있을까요?”

“물론이지. 물론이고말고.”

착한 교황은 무척 감동했습니다.

“자네가 그렇게 노새를 좋아한다니 노새와 떨어지지 않도록 해야겠군. 오늘부터 자네를 내 겨자 그릇 수석 시종으로 곁에 두도록 하지. 추기경들은 분명 싫은 소리를 하겠지만 상관없네! 이미 익숙한 일이니 말이야. 내일 저녁 미사가 끝나거든 이리로 오게. 우리 참사회 회원들이 참석한 가운데 자네 직함에 맞는 임명

장을 주겠네. 그러고 나서 자네를 노새에게 데려다 주지. 우리 둘이 함께 포도밭에 가세나. 허허! 이제 그만 가 보게."

티스테 베덴은 매우 만족해하며 큰 홀을 나왔습니다. 그가 얼마나 설레며 내일의 예식을 기다렸을지는 말하지 않아도 여러분은 잘 아실 겁니다. 그런데 성안에는 티스테 베덴보다 더 행복해하며 설레는 이가 있었습니다. 바로 교황의 노새였습니다. 그가 돌아왔을 때부터 다음 날 저녁 미사 때까지, 흥분을 가라앉히지 못한 짐승은 끊임없이 귀리를 먹어 댔고 벽에다 뒷발질을 해 댔습니다. 노새도 자신의 세리머니를 준비하고 있었던 거지요…….

다음 날 저녁, 미사가 끝나자 드디어 티스테 베덴이 교황 궁 마당에 들어섰습니다. 높은 성직자들도 모두 참석해 있었습니다. 붉은색 옷을 입은 추기경들, 성인품에 올릴 후보자 결정에 이의를 제기하는 검은 벨벳 옷의 사제들, 작은 관을 쓴 수도원장들, 성 아그리콜 교회의 재산관리인들, 자주색 망토를 입은 성가 대원들, 그 밖의 하위 성직자들은 물론 예복을 입은 교황의 병사들, 세 군데의 고행 수도자 회원들, 사납게 생긴 몽 방투 수도사들, 종을 들고 뒤따르는 꼬마 성직자들, 허리 위로 맨몸을 드러낸 고행 수도사들, 화려한 예복을 차려입은 궁정 관리인들까지 모두 참석했습니다. 그 외에도 성수 나누어 주는 사람, 불 밝히는 사람, 불 끄는 사람 할 것 없이 모두가 말입니다. 빠진 사람을 한 명도 찾아볼 수 없을 정도로…… 아! 정말이지 대단한 취임식이었습니다! 종소리가 울리고 불꽃이 터지고 햇빛이 눈부신 가운데 음악 연주도 있었습니다. 그리고 언제나 그렇듯 아래쪽 아비뇽 다리에서는 춤을 위한 요란한 북소리가 들리고 있었습니다.

베덴이 사람들 앞에 모습을 보이자, 모여 있던 사람들은 위풍당당한 그의 모습과 준수한 용모에 감탄하며 웅성거리기 시작했습니다. 그는 금발의 곱슬머리를 가진 멋진 프로방스 청년이었습니다. 막 자라기 시작한 턱수염은 금 세공사인 그의 아버지가 쓰던 끌에서 떨어진 얇은 금 조각을 붙인 듯했습니다. 소문에 의하면 잔 여왕이 그의 금발 턱수염을 만지작거리기까지 했다고 합니다. 이 베덴 경 역시 여왕의 총애를 받은 남자들처럼 자신만만한 태도에 거만한 눈빛을 하고 있었습니다. 이날 티스테는 자신의 고향을 기리기 위해 나폴리에서 입던 옷 대신 프로방스 전통의 장밋빛 수놓은 웃옷을 입고 있었습니다. 그리고 모자 위엔 카마르그에서 가져온 기다란 따오기 깃털이 흔들리고 있었습니다.

겨자 그릇 수석 시종은 들어서자마자 우아하게 인사를 했고, 수석 시종의 상징인 노란색 회양목으로 만든 숟가락과 사프란으로 물들인 노란색 옷을 하사하기 위해 교황이 기다리고 있는 높은 계단 쪽으로 향했습니다. 한편, 노새는 마구를 완전히 갖추고 포도원으로 떠날 채비를 하며 계단 아래서 기다리고 있었습니다. 티스테 베덴은 노새의 곁을 지나다가 멈춰 서서 상냥한 미소를 지으며 한두 번 다정히 등을 두들겨 주었습니다. 교황이 자신을 보고 있나 곁눈질하면서 말이지요. 정말로 좋은 위치였습니다……. 마침내 노새가 힘껏 발길을 내질렀습니다.

"자! 받아라, 악당 놈아! 칠 년을 참아 왔다!"

노새의 발길질이 얼마나 무시무시했던지 멀리 팡페리구스트에서도 회오리 연기를 볼 수 있을 정도였습니다. 노란 연기 소용돌이 속에 따오기의 깃털이 빙글빙글 돌고 있었습니다. 불운한 티스테 베덴의 흔적이었지요!

노새의 발길질이 원래 그렇게 강했던 건 아니랍니다. 하지만 그는 교황의 노새였습니다. 생각해 보세요! 게다가 칠 년 동안이나 참았던 발길질이었으니 말입니다……. 성직자가 원한을 품었을 때 어떤 일이 일어날지 이보다 더 잘 보여 줄 수는 없을 겁니다.

상기네르의 등대

그날 밤, 나는 잠을 이룰 수 없었습니다. 북서풍이 성난 듯 포효하는 소리에 아침까지 잠들 수가 없었던 것입니다. 부러진 풍차 날개가 뒤뚱거리며 배의 조종간처럼 끽끽 소리를 내는 통에 풍차 방앗간 전체가 무너져 내리는 줄 알았습니다. 허물어진 지붕에 붙어 있던 기왓장은 날아가고, 멀리 언덕을 빽빽이 덮고 있는 소나무들도 어둠 속에서 몸을 흔들어 대며 윙윙 소리를 냈습니다. 마치 바다 한가운데 서 있는 듯한 느낌이었습니다…….

삼 년 전, 코르시카 섬의 아자치오 만 입구에 있는 상기네르 등대에서의 잠 못 이루던 밤들이 생각납니다.

그곳 또한 홀로 꿈꾸며 고독에 잠겨 있기 위해 내가 찾아낸 멋진 장소였습니다. 온통 불그스름한 색조를 띤 야생의 섬을 상상해 보세요. 섬 한쪽 끝에는 등대가, 반대쪽에는 제노바 풍의 오래된 탑이 있는 섬 말입니다. 당시, 탑에는 독수리 한 마리가 살고 있었습니다. 아래쪽 해안가에는 폐허가 되어 잡초만 무성하게 자란 검역소가 있었습니다. 더 멀리로는 협곡과 관목과 커다란 바위들과 야생 염소와 갈기를 휘날리며 바람 속을 달리는 코르시카 조랑말들도 있었습니다. 그리고 바닷새들이 소용돌이치며 날아다니는 섬 한가운데의 높은 꼭대기에는 등대가 서 있었습니다. 흰 벽돌로 지은 등대 기단 위에서는 등대지기들이 좌우 앞뒤로 오가며 산책을 할 수 있었고 초록색의 아치 대문도 있었습니다. 무쇠로 만든 탑 위로는 거대한 다면체의 등이 달려 있어 태양이 반사되면 마치 대낮에도 불을 밝힌 것만 같았습니다……. 이것이 그날 밤 소나무에서 나는 윙윙거리는 소리를 들으며 내가 기억해 낸 상기네르 섬의 추억입니다. 풍차 방앗간을 발견하기 전 시원한 공기를 마시고 싶거나 혼자 있고 싶으면 나는 그 섬을 찾곤 했습니다.

거기서 무엇을 했느냐고요?

이곳에서와 별반 다를 게 없었습니다. 아니, 여기서보다 더 할 일이 없었습니다. 북서풍이나 북풍이 심하지 않으면 해안에 있는 두 개의 바위틈에서 갈매기, 티티새, 제비들과 함께 자리 잡고 앉아 있곤 했습니다. 그리고 바다가 주는 몽롱함과 감미로움과 압도감에 취해 거의 하루를 보내곤 했습니다. 여러분도 영혼을 도취시키는 이런 멋진 감정을 느껴 본 적이 있지 않나요? 아무 생각, 아무 상상도 하지 않은 채 당신의 존재가 몸으로부터 빠져나와 자유롭게 흩어지는 그런 느낌 말입니다. 그렇게 물속으로 다이빙하는 갈매기도 되고, 두 개의 파도 사이에서 햇빛을 반사하며 떠다니는 물거품도 되고, 멀어져 가는 여객선의 하얀 연기도 되고, 빨간 돛을 매단 작은 산호잡이 배도 되고, 진주처럼 영롱한 물방울도 되고, 때로는 한 움큼 안개가 되어 보기도 하면서 자기 외의 그 무엇이든 되어 보는 것입니다……. 이렇게 나는 그 섬에서 반쯤 잠든 상태로 허공을 떠돌 듯 아름다운 시간들을 보내곤 했답니다!

바람이 너무 세차서 물가에 나가지 못할 때면 나는 검역소의 뜰에 처박혀 하루를 보내곤 했습니다. 로즈마리와 야생 쑥 향기가 가득 피어오르는, 왠지 쓸쓸함을 느끼게 하는 작은 뜰이었습니다. 돌로 지은 작은 감방들이 오래된 무덤처럼 입을 벌리고 있는 곳에서 나는 그렇게 낡은 담장에 기댄 채, 햇볕과 함께 떠도는 체념과 슬픔의 희미한 향기 속에 가만히 몸을 맡기곤 했습니다. 그러면 가끔 문 두드리는 소리와 함께 뭔가 풀밭 위를 뛰어가는 소리가 들리곤 했습니다……. 바람을 피해 풀을 뜯으러 온 염소였습니다. 나를 발견하고 놀란 염소는 가만히 내 앞에 멈춰 서서 경계하는 듯 뿔을 세우고 어린아이 같은 눈으로 나를 쳐다보는 것이었습니다…….

다섯 시쯤이 되면 등대지기가 확성기를 통해 저녁을 먹으라고 나를 부르곤 했습니다. 그러면 나는 바다로부터 가파르게 이어진 좁은 관목 오솔길을 따라 천천히 등대로 올라오곤 했습니다. 한 걸음 올라 뒤돌아볼 때마다 점점 넓어지는 물과 빛의 조망을 확인하면서 말입니다.

그 등대는 정말 멋진 곳이었습니다. 널찍한 타일이 깔리고 떡갈나무 장식이 둘러쳐진 예쁜 식당, 그 한가운데 김이 모락모락 나는 생선 수프, 하얀 테라스를 향해 활짝 열린 창문과 그곳에 스며들던 석양이 아직도 눈에 선합니다. 등대지기들은 식사를 준비한 채 나를 기다리곤 했습니다. 모두 세 명이었는데 한 명은 마르세유 출신이었고, 나머지 두 명은 코르시카 출신이었습니다. 세 명 모두 키가 작고 턱수염을 기르고 있었으며, 거칠게 그을린 구릿빛 얼굴에 염소 털로 만든 외투를 입고 있었습니다. 하지만 행동이며 성격은 모두 달랐습니다.

생활하는 방식만 보아도 두 지역의 차이를 쉽게 알 수 있었습니다. 부지런하고 활기가 넘치는 마르세유 출신은 아침부터 저녁까지 밭일에, 낚시에, 바닷새 알을 줍고, 관목 숲에서 숨어 있다가 염소를 잡아 젖을 짜는 등 쉴 새 없이 섬 안을 돌아다녔습니다. 또한 늘 마늘을 넣은 마요네즈나 생선 수프를 만들어 먹곤 했습니다.

반면 코르시카 출신의 두 사내는 자기들의 업무 외에는 통 관심이 없었습니다. 스스로를 공무원이라 생각하는지, 하루 종일 부엌에 앉아 스코파 카드놀이만 해 댔습니다. 그들이 놀이를 멈추는 시간은 심각한 표정으로 파이프에 불을 붙이거나 큼지막한 초록색 담뱃잎을 가위로 자를 때뿐이었습니다.

마르세유 출신이건 코르시카 출신이건 세 사람 모두가 소박하고 순진한 사내들이었습니다. 언제나 손님인 나를 극진히 대해 주었습니다. 물론 그들 눈에는 내가 꽤나 이상한 사람처럼 보였을 겁니다…….

생각해 보세요! 제 발로 찾아와서 등대 안에 틀어박혀 지내는 걸 즐거워하다니! ……자신들은 하루하루가 너무나 길고, 육지로 나갈 차례가 되면 그토록 행복해지는데 말이에요! 날씨 좋은 여섯 달 동안은 그들에게 이런 행복이 주어집니다. 30일은 등대에서 보내고 10일은 육지에서 보내는 것이지요. 그것이 규칙이었습니다. 하지만 겨울이나 날씨가 좋지 않을 때는 이런 규칙이 적용되지 않습니다. 바람이 불고 파도가 높아지면 상기네르 섬이 온통 물보라에 덮여 등대지기들도 두세 달 동안은 등대 안에서 꼼짝없이 갇혀 있어야 했으니까요. 때로는 매우 심각한 상황이 발생하기도 했습니다.

"이건 내가 직접 겪은 일입니다. 선생."

어느 날 저녁 식사 때 등대지기 바르톨리 영감이 내게 이야기를 들려주었습니다.

"오 년 전 일입니다. 오늘 같은 겨울 저녁, 바로 우리가 지금 앉아 있는 이 식탁에서 일어난 일입니다. 그날 저녁 등대에는 저와 체코라는 동료 단둘만 남아 있었지요. 다른 사람들은 아프거나 휴가를 받아서 모두 육지로 나가 있었고요. 저녁 식사가 거의 끝나고 고요가 찾아왔습니다. 체코라는 친구가 식사를 멈추고 갑자기 이상한 눈빛으로 나를 쳐다보는 겁니다. 그러곤 꽈당 하고 두 팔을 앞으로 뻗으며 식탁 위로 쓰러져 버렸습니다. 나는 달려가 그의 이름을 부르며 흔들어 깨우려 했습니다.

'이봐! 체코! 체코⋯⋯!'

하지만 그는 아무 대답도 없었습니다. 죽은 겁니다⋯⋯. 내가 얼마나 놀랐을지 한번 생각해 보세요. 넋이 빠져서 한 시간 넘게 시체 앞에서 꼼짝없이 오들오들 떨고 있었지요. 그러다 문득 한 가지 생각이 났습니다. '맞아, 등대!' 나는 램프가 있는 곳으로 올라가 불을 붙였지요. 이미 밤이 와 있었습니다⋯⋯. 끔찍한 밤이었지요! 바닷소리도 바람 소리도 평소 같지 않았습니다. 계단에서 누군가 나를 부르는 것만 같았습니다. 몸에서는 열이 나고 목은 또 얼마나 마르던지! 도저히 아래로 내려갈 엄두가 나지 않더군요⋯⋯. 무서워서 죽을 것만 같았습니다. 하지만 새벽이 되자 조금 기운이 났습니다. 동료를 그의 침대 위에 올려놓고 이불로 덮어 준 뒤 기도를 해 주었습니다. 그리고 황급히 경

보를 울렸지요.

　하지만 파도가 너무 높았습니다. 아무리 구조 요청을 해도 아무도 오지 않았지요. 가엾은 체코의 시신과 함께 등대 안에 고립되고 만 겁니다. 얼마나 더 기다려야 할지도 알 수 없었지요⋯⋯. 배가 도착할 때까지는 시체를 곁에 둘 수밖에 없었습니다! 하지만 사흘이 지나자 더 이상 안 되겠다는 생각이 들었습니다⋯⋯. 어떻게 하지? 밖으로 시체를 옮겨야 하나? 땅에 묻을까? 그러기엔 바위들이 너무나 단단했고 섬에는 까마귀들 천지였습니다. 기독교 신자인 그를 그렇게 내버려 둘 수는 없었습니다. 시체를 검역소 안의 방으로 옮겨야겠다고 생각했지요⋯⋯. 그 일을 하느라 오후 내내 땀을 뻘뻘 흘려야 했습니다. 오, 하느님! 어디에서 그런 용기가 났는지. 세찬 바람이 부는 오후에 그쪽으로 내려갈 때면 지금도 죽은 친구를 어깨에 메고 가는 듯한 기분이 든답니다⋯⋯."

　불쌍한 바르톨리 영감! 그때 일을 떠올리는 것만으로도 영감의 이마에서는 벌써 식은땀이 흐르고 있었습니다.

　식사를 하는 동안 우리는 이렇게 긴 이야기를 나누곤 했습니다. 등대 이야기며 바다 이야기, 난파된 배 이야기, 코르시카 섬의 도적들 이야기⋯⋯. 그러다가 날이 저물면 그날의 첫 번째 등대지기가 작은 램프를 켜서 들고, 파이프와 물병 그리고 상기네르의 유일한 책인 빨간 표지의 《플루타르크》를 챙겨 구석으로 사라졌습니다. 얼마 후면 등대 안에는 사슬과 도르래 그리고 무거운 기계 태엽 장치를 끌어올리는 소리가 울려 퍼졌지요.

그동안 나는 밖으로 나가 테라스에 자리를 잡고 앉았습니다. 이미 낮게 내려앉은 태양은 수평선을 이끌고 점점 빠르게 바닷속으로 꺼져 가고 바람은 선선하고 섬은 보랏빛으로 물들었습니다. 하늘에서는 커다란 새 한 마리가 무겁게 내려앉아 내 가까이로 날아갔습니다. 제노바 풍의 탑에 사는 독수리가 돌아온 것입니다. 바다에서는 조금씩 안개가 피어올랐습니다. 잠시 뒤면 섬 주위엔 흰 테두리의 거품밖에 보이지 않습니다. 그리고 머리 위로 부드러운 빛의 물결이 쏟아져 내렸습니다. 등대에 불이 밝혀진 것입니다. 섬은 어둠 속으로 사라지고 밝은 광선이 바다 먼 곳까지 퍼져 나갔습니다. 발치로 쏟아지는 거대한 빛의 물결 아래서 나는 밤의 어둠 속에 잠기곤 했습니다……. 바람이 차가워지면 안으로 들어가야 했습니다. 나는 손을 더듬어 커다란 문을 닫고 쇠로 된 빗장을 걸어 잠그고 발아래 삐걱대며 흔들리는 좁은 철 계단을 올라 더듬더듬 등대 꼭대기에 이르렀습니다. 그곳이 바로 빛의 발원지였지요.

여섯 줄 심지가 박힌 어마어마한 크기의 카르셀등*을 상상해

---

* 심지가 원통으로 그 안팎에 공기가 드나드는 장치가 있으며, 유리로 만든 원통 모양의 등피를 씌운 등. 프랑스의 카르셀(Carcel, B. G.)이 발명하였다.

보십시오. 그 주위로 랜턴의 칸막이벽들이 천천히 돌아갑니다. 한쪽은 커대란 크리스털 렌즈로 채워져 있고 다른 쪽은 바람에 불꽃이 꺼지는 걸 막기 위한 커다란 유리가 끼워져 있습니다. 그곳에 들어서면 눈이 부셨습니다. 구리와 주석, 하얀 금속과 반사판, 커다랗게 원을 그리며 돌아가는 볼록한 크리스털 벽의 푸르스름한 빛…… 이 모든 것들이 삐걱대며 한꺼번에 빛을 뿜어내는 통에 나는 잠시 눈앞이 캄캄해졌습니다.

하지만 눈이 조금씩 이 모든 것들에 적응되고 나면 나는 졸음을 깨기 위해 램프 아래서 소리 내어《플루타르크》를 읽고 있는 등대지기 옆에 자리를 잡고 앉았습니다.

밖은 칠흑처럼 어두웠습니다. 유리창 주위의 자은 발코니에서는 바람이 미친 듯 울부짖었습니다. 등대는 삐걱대는 소리를 내고 바다는 으르렁거렸습니다. 섬 끝 쪽의 암초에 파도가 부딪치며 대포 소리를 냈습니다……. 가끔씩 보이지 않는 손가락이 창문을 두드리기도 했습니다. 빛을 보고 달려드는 밤새들이 크리스털에 머리를 부딪치는 소리였지요……. 따뜻하게 밝힌 램프 안에서는 불꽃 타는 소리와 기름이 떨어지는 소리, 사슬이 감기는 소리가 들려올 뿐이었습니다. 그리고 데메트리우스 팔레레우스*의 생을 낭송하는 단조로운 목소리가 울려 퍼졌습니다.

---

* 아테네의 정치가이자 웅변가. BC 350~BC 283. 알렉산드리아 도서관의 건립을 발의했다.

자정이 되면 등대지기는 자리에서 일어나 마지막으로 등불의 심지들을 살펴본 뒤 나와 함께 내려왔습니다. 내려가다 보면 눈을 비비며 계단을 올라오는 두 번째 등대지기와 마주치곤 했습니다. 전임자는 그에게 물병과《플루타르크》의 책을 건네주었습니다……. 그가 잠자리에 들기 전 잠시 구석방에 들르더니 사슬과 커다란 추, 주석으로 된 반사판, 밧줄 등이 잔뜩 어질러진 작은 램프 아래서 언제나 펼쳐져 있는 커다란 노트에 등대일지를 기록했습니다.

"자정. 파도 높음. 폭풍우. 먼 바다에 선박이 보임."

세미앙트 호의 최후

지난밤의 북서풍이 우리들을 코르시카 섬으로 인도했으니, 이번엔 그곳의 어부들이 밤새 들려주곤 하던 아주 무서운 바다 이야기를 하나 해 드릴까 합니다. 저도 이 흥미로운 이야기를 아주 우연히 듣게 되었습니다.

……그러니까 한 이삼 년 전쯤의 일이었습니다.

나는 일고여덟 명의 세관 선원들과 함께 사르디니아 해를 지나고 있었습니다. 배를 처음 타 본 내게는 정말 힘든 항해였지요! 3월이었지만 하루도 날씨가 좋은 적이 없었습니다. 동풍은 우리를 따라다니며 괴롭혔고 바다 또한 하루도 잠잠할 날이 없었습니다.

결국은 어느 저녁, 폭풍우를 피해 우리는 보니파치오 해협 어귀의 작은 섬들 사이에 배를 대야 했습니다. 별로 특별할 것도 없는 섬들이었습니다. 풀 한 포기 없는 커다란 바위들을 새 떼가 뒤덮고 있었고 군데군데 약쑥과 유향나무들이 자라고 있었습니다. 여기저기 난 흙 웅덩이에서는 나뭇가지들이 썩어 가고 있었습니다. 하지만 언제 파도가 들이닥칠지 모르는 물이 새는 갑판보다는 음산한 바위틈에서 밤을 보내는 게 더 나았습니다. 배에서 내린 선원들이 서둘러 생선 수프를 끓일 불을 지피는 동안 선장이 나를 불렀습니다. 선장은 안개로 희뿌연 섬 끝자락에 있는, 하얀 돌로 낮게 지은 울타리를 가리키며 내게 말했습니다.

"묘지에 함께 가시겠소?"

"묘지라고요, 리오네티 선장님? 도대체 여긴 어딥니까?"

"라베지 섬이에요. 육백 명의 세미양트 호 선원들이 묻힌 곳입니다. 십 년 전 이곳에서 그들이 탄 군함이 침몰했어요……. 가엾게도! 찾아오는 사람도 거의 없답니다. 그래서 우리라도 인사를 가 보려고요……."

"좋습니다, 선장님."

세미양트 호의 무덤은 너무도 적막했습니다! 낮고 작은 담벼락, 녹이 슬어 잘 열리지 않는 철문, 조용한 예배당과 잡초에 덮인 수백 개의 검은 십자가들이 아직도 기억에 생생합니다. 조화도, 화관도, 기념물도…… 아무것도 없었지요! 아! 추위에 떠는 것이 당연하다는 듯 이름 없는 무덤 속에 버려진 불쌍한 죽음들!

우리는 잠시 무릎을 꿇은 채 있었습니다. 선장은 큰 소리로 기도를 했습니다. 홀로 묘지를 지키던 커다란 갈매기들이 머리 위를 빙빙 돌며 거친 울음소리를 냈고, 그 소리는 바다의 울음소리와 뒤섞였습니다.

기도를 마치고 우리는 침통한 마음으로 배가 정박해 있는 섬 반대편으로 돌아왔습니다. 우리가 자리를 비운 사이에도 선원들은 시간을 허비하지 않고 있었습니다. 바위 안 동굴에는 모닥불이 타올랐고, 냄비에는 김이 모락모락 피어오르고 있었습니다. 모두들 둥글게 둘러앉아 불에 발을 녹이고 있었습니다. 잠시 후 소스를 잔뜩 바른 검은 빵 두 조각을 붉은 토기 그릇에 담아 각자 무릎 위에 올려놓았습니다. 조용한 침묵 가운데 식사가 시작되었습니다. 물에 흠뻑 젖은 데다 몹시 배가 고팠고 더구나 묘지 근처였기 때문이었습니다……. 그릇을 다 비우고 담배에 불을 붙이고 나서야 우리는 조금씩 이야기를 나누기 시작했습니다. 대화는 자연스레 세미얀트 호에 대한 이야기로 흘러갔습니다.

"그런데 어떻게 그런 일이 일어났나요?"

생각에 잠긴 듯 머리를 두 손으로 받치고 불꽃을 응시하던 선장에게 내가 물었습니다.

"어떻게 된 일이냐고요?"

착한 리오네티 씨가 깊은 한숨을 내쉬며 되물었습니다.

87

"선생! 사실 그걸 정확히 얘기해 줄 사람은 없답니다. 침몰하기 전날 밤 세미앙트 호가 크리미아로 가는 원정대를 태우고 악천후 속에 툴롱으로 떠났다는 게 알려진 전부이지요. 밤이 깊어질수록 날씨는 나빠졌어요. 유례없는 폭풍우가 몰아치면서 바다도 거칠었고요……. 아침이 되면서 바람은 조금 잦아들었지만 바다는 여전히 거칠었고 한 치 앞도 보이지 않는 지독한 안개에 휩싸여 있었습니다. 그런 안개가 얼마나 위험한지 선생은 잘 모르실 거예요……. 그건 그렇고, 아마도 세미앙트 호는 벌써 아침나절에 방향키를 잃어버린 듯합니다. 그런 안개 속에서 선장이 멀쩡한 배를 이곳까지 끌고 와서 부서뜨렸을 리는 만무하니까요. 그 선장은 모두가 알아주는 뱃사람이었답니다. 삼 년 동안이나 코르시카 기지를 진두지휘했지요. 다른 곳이라면 몰라도 이곳 해안에 대해선 저 만큼이나 훤했답니다."

"세미앙트 호는 몇 시쯤에 침몰했답니까?"

"정오쯤이었을 거예요. 맞아요. 한낮이었지요! 하지만 한낮이면 뭐합니까! 안개가 끼어 바다가 늑대 배 속처럼 캄캄했을 텐데……. 해안 세관원이 내게 말하길, 그날 11시 30분경 덧문을 닫으려 집에서 나왔다가 모자가 바람에 날아가 버리는 통에 거친 파도를 무릅쓰고 주우러 갔다가 네 발로 해안선을 기어 빠져나왔다고 하더군요. 이해하시겠죠? 부유하지 않는 세관원들에게 모자는 무척 비싼 물건이니까요. 세관원이 어느 순간 고개를 들어 보니 안개 속 아주 가까운 곳에서 커다란 배 하나가 돛에 물기 하나 없이 바람에 떠밀려 라베지 섬 쪽으로 흘러가더랍니다. 배가 하도 빨리 지나가는 통에 세관원도 자세히 보지 못했답니다. 하지만 그 배가 세미양트 호임은 틀림없었던 것 같습니다. 왜냐하면 30분쯤 뒤, 이 섬의 양치기도 여기 바위에서 소리를 들었다고 했거든요……. 아! 저 친구가 바로 그 양치기입니다. 직접 한번 얘기를 들어 보세요. 어이, 팔롱보! …… 이리 와서 몸 좀 녹이게나. 겁먹지 말고."

두건을 쓴 그 남자는 조금 전부터 우리가 있는 모닥불 주위를 서성이고 있었습니다. 나는 그가 우리 배의 선원이라고 생각했습니다. 이런 섬에 목동이 있을 거라고는 생각하지 못했던 겁니다. 양치기는 겁먹은 듯 우리 쪽으로 다가왔습니다.

그는 늙은 나환자였고 지능이 조금 떨어져 보였는데, 괴혈병에 걸린 듯한 두터운 아랫입술은 보기에 흉측했습니다. 그는 우리가 하는 설명을 간신히 알아들었습니다. 노인은 아픈 입술을 손가락으로 추켜올리며 그날 오후에 숙소 안에서 들었다던 문제의 그 바위에 부딪쳐 깨지는 소리의 정체에 대해 이야기해 주었습니다. 섬 전체가 물에 잠겨 있었기 때문에 그도 곧바로 나가 볼 수는 없었습니다. 다음 날, 겨우 문을 열고 나가 보니 해안가에는 바다가 쏟아 놓은 파편과 시체들로 그득했답니다. 너무 놀란 그는 배를 잡아타고 이 사실을 알리려 보니파치오로 향했다고 합니다.

말을 많이 한 탓에 피곤했던지 목동은 자리에 주저앉았고 선장이 대신 이야기를 이어 갔습니다.

"그래요. 선생. 저 불쌍한 노인이 우리에게 그 사실을 알리러 왔었습니다. 겁에 질린 나머지 거의 미쳐 있었지요. 이후로도 아직 정신이 혼란한 상태고요. 그럴 만도 해요. 생각해 보십시오. 육백여 구의 시신들이 나뭇조각, 깨진 돛들과 엉켜 모래 위에 나뒹굴고 있는 모습을요! 불행한 세미얀트 호! ······바다는 순식간에 배를 산산조각 내 버렸지요. 얼마나 산산이 부서졌던지 폐허 속에서 양치기 팔롱보가 오두막 주변에 울타리로 세울 나뭇조각 하나 발견하기 힘들었지요······. 시신들은 모두 형체를 알아볼 수 없을 정도로 끔찍하게 훼손되어 있었습니다. 시체들이 뒤얽힌 모습은 얼마나 처참하던지······. 우리는 제복 차림의 선장 시신과 목에 스톨라를 두른 부속 사제의 시신을 찾아냈습니다. 구석진 곳 바위틈에서 눈을 뜨고 죽어 있는 어린 선원의 시신도 찾아냈지요. 처음에는 그가 아직 살아 있다고 생각했습니다. 하지만 천만에요! 아무도 죽음을 피해 갈 수 없었지요······."

선장은 이 대목에서 말을 멈추더니 갑자기 소리를 질렀습니다.
"이봐, 나르디! 불이 꺼지려고 하잖아."

나르디가 모닥불에 역청 칠한 나무판 두세 조각을 던져 넣자 다시 불꽃이 살아났습니다. 선장이 이야기를 계속했습니다.

"그런데 더 가슴 아픈 건요…… 참사가 일어나기 3주 전, 세미양트 호처럼 크리미아로 가던 작은 군함 한 척이 거의 같은 지점에서 비슷한 이유로 난파된 적이 있다는 사실입니다. 그때는 뱃머리에 있던 선원들과 스무 명의 수송부 대원을 구조할 수 있었지요……. 하지만 웬걸! 수송 대원들의 불운은 끝난 게 아니었던 겁니다. 우리 선박은 그들을 구조해 보니파치오 섬에서 이틀간 보살펴 주었지요. 젖은 몸도 말리고 기운도 회복한 뒤 그들은 "안녕!" "행운을 빕니다!"라고 인사하며 툴롱으로 되돌아갔어요. 거기서 얼마 동안 머물다가 그들은 다시 크리미아로 출항했던 겁니다. ……그들이 어느 배를 타고 출항했는지 아십니까? 바로 세미양트 호였어요……. 우리가 있는 이 자리에서 그 스무 명 병사들의 시신들을 모두 찾아냈지요. 우리 집에 머무는 동안 자신의 옛날 이야기를 들려주며 우릴 웃기던 멋진 콧수염을 기른 파리 출신의 귀여운 금발 기병의 시신도 제가 직접 찾아냈어요. ……그를 다시 보았을 때의 심정이란……. 오! 성모 마리아님!"

리오네티 선장님은 여기까지 말하고 감정이 북받쳤는지 파이프 재를 털어 냈습니다. 그리고 내게 잘 자라는 인사를 건네며 외투를 뒤집어썼습니다……. 남은 선원들은 얼마 동안 두런두런 이야기를 나누었지만 하나둘씩 파이프가 꺼졌고, 더 이상 아무 소리도 들리지 않았습니다. 늙은 목동도 돌아갔고 나는 잠든 선원들 사이에서 혼자 몽상에 잠겼습니다.

방금 들은 슬픈 이야기의 여운 속에서 나는 부서진 군함과 갈매기들만 목격했을 그 최후의 장면을 머릿속에 그려 보려고 애썼습니다. 몇 개의 생생한 장면이 머릿속에 떠올랐습니다. 제복을 입은 선장, 목에 스톨라를 두른 부속 사제, 그리고 스무 명의 수송대 병사들……. 이들을 통해 나는 이 비극적 사건의 전말을 구성해 보았습니다.

한밤중, 툴롱을 향해 떠나는 군함이 보입니다……. 군함이 항구를 출발합니다. 바다는 사납고 바람은 거셉니다. 하지만 선장은 백전노장의 바다 사내였고 승선한 사람들도 모두 침착함을 잃지 않고 있습니다…….

아침이 되자 바다에 안개가 올라왔습니다. 사람들은 슬슬 걱정하기 시작합니다. 선원들 모두가 갑판 위에 서 있습니다. 선장도 선미루 갑판을 지키고 있습니다……. 병사들이 있는 중갑판은 해가 들지 않아 컴컴하고 대기는 후덥지근합니다. 몇몇 아픈 병사들은 배낭에 기대 누워 있습니다. 술 취한 듯 배가 심하게 흔들립니다. 서 있는 것이 불가능할 지경입니다. 사람들은 벤치를 부여잡고 바닥에 주저앉아 옹기종기 이야기를 나눕니다. 이야기 소리를 들으려면 크게 소리를 질러야 합니다. 그중 한 명이 불안해하기 시작합니다…….

"이봐! 이 지역에서 배들이 자주 침몰한다던데!"

지난번 사고를 당했던 병사들이 들려주는 이야기에 사람들은 더욱 불안해합니다. 특히 이야기를 재미있게 잘하는 파리 출신 기병이 오싹한 농담을 던집니다.

"난파라! 거참 신 나는 일이지. 얼음 목욕을 마치고 나오면 우린 보니파치오로 가서 리오네티 선장의 집에 초대받아 티티새 요리를 맛보게 될 거야."

전에 사고를 당했던 병사들이 웃음을 터뜨립니다……

그 순간 갑자기…… 우지끈! 뭐지? 무슨 일이 일어난 거야?

"방향키가 빠졌어."

물에 흠뻑 젖은 선원이 급히 중갑판을 가로지르며 소리칩니다.

"잘 가게."

여전히 농담에 취한 기병이 소리치지만 이번엔 아무도 웃지 않습니다.

갑판 위에 한바탕 소란이 일어납니다. 안개 때문에 앞이 보이지 않습니다. 겁에 질린 선원들이 더듬거리며 갑판을 오갑니다. 방향키가 없다니! 이제 배를 조종할 수 없는 형편입니다. 방향을 잃은 세미양트 호는 바람처럼 앞으로 돌진합니다. 바로 그 순간이었을 겁니다. 세관원이 세미양트 호를 본 것은! 그때가 11시 반이었겠지요. 배 앞쪽에서 대포 소리 같은 굉음이 울립니다……. 암초다! 암초! ……이제 끝장입니다. 이제 희망이 없습니다. 배는 해안으로 곧장 돌진합니다. 선장은 자기 선실로 내려가고…… 얼마 뒤 제복을 갖춰 입고 뱃머리에 다시 섭니다……

멋지게 죽음을 맞고 싶었던 겁니다.

중갑판에서는 겁에 질린 병사들이 침묵 속에 서로를 바라봅니다. 아픈 병사들은 일어서 보려고 애씁니다. 농담을 좋아하던 어린 기병도 이제 웃음을 잃었습니다. 그 순간 문이 열리며 스톨라를 두른 부속 사제가 입구에 모습을 드러냅니다.

"다 함께 무릎 꿇고 기도 드립시다!"

모두 그의 말을 따릅니다. 사제가 낭랑한 목소리로 임종을 위한 기도를 올립니다.

그와 함께 갑자기 엄청난 충격이 전해지고, 짧은 비명 소리와 단말마의 외침과 기나긴 비명, 내뻗는 팔과 움켜쥔 손아귀, 겁에 질린 시선, 그 위로 빛처럼 죽음의 환영이 스쳐 갑니다.

오, 하느님……!

나는 이렇게 십 년의 간격을 두고 내 주위에 잔해로 떠도는 불행한 난파선의 유령을 떠올리며 밤을 지새웠습니다. 저 멀리, 해협에는 아직도 거친 파도가 일고 있었습니다. 야영지의 불꽃은 바람에 흔들렸고 바위 밑으로 우리 배를 묶어 놓은 밧줄이 춤을 추듯 흔들리며 윙윙 소리 내어 울었습니다.

세관 선원들

내가 라베치 섬으로 우울한 여행을 떠났을 때 있었던 일입니다. 포르토 베치오에서 '에밀리 호'라는 배를 탔는데, 그 배는 낡은 세관선이었습니다. 갑판이 배의 절반을 차지하고 있어 비바람이나 파도를 피할 곳이라곤 타르가 묻은 작은 선실뿐이었습니다. 그 선실조차 테이블 한 개와 침대 두 개가 겨우 들어갈 정도로 비좁았습니다. 그러다 보니 날씨가 거칠 때에나 겨우 선원들의 모습을 볼 수 있었습니다. 한겨울, 얼굴에 물방울이 흘러내리고 흠뻑 젖은 작업복에서는 삶은 빨래처럼 김이 모락모락 피어오르는데도 불쌍한 선원들은 그 상태로 하루를 견디곤 했습니다. 밤에도 그들은 물에 젖은 의자에 웅크리고 앉아 건강을 해치는 축축한 공기 속에서 떨어야 했습니다. 갑판 위에서는 불을 지필 수 없는 데다 해안에 접근하기도 힘들었기 때문입니다……. 그런데도 선원들 중 누구도 불평하는 이가 없었습니다. 험악한 날씨가 계속되어도 그들은 항상 평온해 보였고 쾌활함을 유지했습니다. 하지만 세관 선원들의 삶이란 어찌나 애처로웠던지!

세관 선원들은 대부분 결혼해 아내와 아이들을 뭍에 두고 있었지만 몇 달씩이나 집에서 떠나와 위험하기 짝이 없는 해안을 떠돌아야 했습니다. 식사래야 곰팡이 핀 빵과 생양파 정도가 고작이었습니다. 포도주나 고기는 꿈도 꿀 수 없었습니다. 일 년에 오백 프랑 정도 버는 그들의 수입으로는 고기와 포도주는 엄두도 내지 못했지요. 일 년에 오백 프랑이라! 여러분은 해안의 침침한 움막집에서 맨발로 다니는 아이들을 상상하시겠지요! 하지만 그러면 또 어떻습니까? 그들은 모두 만족해 보였습니다. 배 뒤쪽의 선실 앞에는 빗물을 가득 받아 놓고 마시는 큰 물통이 있었습니다. 선원들이 물을 다 들이키고 만족한 듯 '캬' 하고 소리를 내뱉으며 물 잔을 흔드는 모습은 우습기도 하고 짠하기도 했습니다.

이들 중 가장 밝고 행복해 보이는 선원이 있었습니다. 키가 작고 그을린 피부에 다부진 체격을 가진, 보니파치오 출신의 팔롱보라는 사내였지요. 날씨가 아무리 험악해도 그는 콧노래를 멈추는 법이 없었습니다. 파도가 거세지고 낮게 드리운 어두운 하늘에서 싸락눈이라도 내릴라치면 모두들 고개를 들고 촉각을 곤

두세우며 곧 닥칠 폭풍우를 기다리곤 했습니다. 이렇게 배 위에 근심과 정적이 맴돌 때면 팔롱보의 조용한 노랫소리가 들려왔습니다.

안돼요, 주인님,
제겐 너무 과분해요.
리제트는 순진해요,
마을에서 기다려요……

바람이 몰아쳐 선구가 흔들리고, 배가 요동치며 바닷물이 들이쳐도 팔롱보의 노래는 파도 끝에 매달린 갈매기처럼 흔들리며 이어졌습니다. 바람이 너무 거세면 가사가 잘 들리지 않았지만 쓸려 가는 파도 소리 사이로 후렴구만은 되풀이해 들려왔습니다.

리제트는 순진해요,
마을에서 기다려요……

그런데 비바람이 강하게 불던 어느 날, 그날따라 그의 노랫소리가 들리지 않는 것이었습니다. 좀처럼 없던 일이라 내가 선실 밖으로 머리를 내밀며 물었습니다.

"어이, 팔롱보, 오늘은 노래를 안 부르나?"

그러나 아무런 대답이 없었습니다. 팔롱보는 의자에 누워 꼼짝도 하지 않았습니다. 가까이 가 보니 그가 신열을 내며 이빨이 부딪치는 소리가 날 정도로 온몸을 떨고 있는 것이었습니다.

"풍투라에 걸렸어요."

그의 동료가 슬픈 목소리로 말했습니다.

풍투라는 늑골에 통증이 오는 늑막염을 말합니다. 납빛의 하늘과 파도가 일렁이는 폭풍 속에서 바다표범 가죽처럼 번들거리는 낡은 고무 망토를 걸치고 열병을 앓는 가엾은 선원이라니⋯⋯. 나는 지금껏 이보다 더 비통한 광경을 본 적이 없었습니다. 날이 점점 추워지고 바람과 파도도 더 거세지면서 그의 병은 심해져만 갔습니다. 그가 헛소리까지 하는 바람에 우리는 뭍으로 배를 대야만 했습니다.

천신만고 끝에, 저녁이 다 되어서야 우리는 작고 한적한 어느 항구에 배를 댈 수 있었습니다. 항구에는 새 몇 마리만 남아 우리 주위를 빙빙 돌고 있었습니다. 해안가에는 깎아지른 바위들이 하늘 높이 솟아 있었고 계절에 상관없이 늘 푸르죽죽한 빛을 띠는 녹색 풀과 관목들이 뒤엉켜 있었습니다. 아래쪽 해안가에는 잿빛의 덧문이 있는 작고 하얀 집이 있었습니다. 그곳이 세관소였습니다. 인적도 없는 곳에 마치 군모처럼 번호가 매겨진 채 서 있는 공관 건물은 어쩐지 음산해 보였습니다. 우리는 병든 팔롱보를 이런 곳에 내려 주어야 했습니다. 환자에게는 너무나 쓸쓸한 피난처였지요! 자기 아내 그리고 아이들과 함께 불가에 앉아 식사를 하고 있는 세관원도 만날 수 있었습니다. 그곳 사람들은 하나같이 핼쑥했고 누렇게 뜬 얼굴로 열병에 걸린 것마냥 크고 퀭한 눈을 하고 있었습니다. 아직 젊어 보이는 아내는 젖먹이를 안고 있었는데, 우리에게 말을 하면서도 계속 떨고 있었습니다.

"정말 끔찍한 곳이지요. 우리는 이 년마다 세관원들을 새로 뽑아야 해요. 열병이 그들을 집어삼켜 버리거든요⋯⋯."

감찰관이 낮은 목소리로 내게 말했습니다.

어쨌든 의사를 불러와야 했습니다. 그곳에서 삼십 킬로미터 정도 떨어진 사르텐에나 가야 겨우 의사를 찾을 수 있다고 했습니다. 난감한 일이었습니다. 선원들도 더 이상 어쩌지 못했습니다. 아이를 보내기에는 너무 먼 거리였습니다. 그때 부인이 바깥쪽을 향해 누군가를 불렀습니다.

"세코! ⋯⋯세코!"

그러자 갈색 털모자에 염소 털 망토를 두른, 흡사 밀렵꾼이나 도적처럼 생긴 키 크고 건장한 청년 하나가 들어왔습니다. 붉은 파이프를 입에 물고는 다리 사이에 장총을 끼운 채 문 앞에 앉아 있던 그를 배에서 내리면서 본 적이 있었습니다. 왜 그랬는지 모르겠지만 그때 그는 우리가 가까이 다가가자 달아나 버렸습니다. 아마도 우리가 헌병과 함께 온 거라 생각했던 모양입니다. 청년이 들어오자 세관원의 부인이 약간 얼굴을 붉혔습니다.

"제 사촌입니다……. 숲에서 길을 잃을 염려는 없을 거예요."

부인이 말했습니다.

부인은 환자를 가리키며 청년에게 아주 낮은 소리로 뭐라고 말했습니다. 대답 없이 고개를 끄덕이던 청년은 밖으로 나가 휘파람으로 자기 개를 불러 함께 길을 떠났습니다. 어깨에는 총을 메고 긴 다리로 바위들 사이사이를 경중경중 건너뛰며 말입니다.

감찰관의 출현에 겁을 먹고 있던 아이들은 그사이 밤과 흰 치즈만으로 저녁 식사를 후딱 해치웠습니다. 늘 그렇듯이 식탁에 마실 거라곤 물밖에 없었습니다! 이럴 때 아이에게 포도주 한 잔이라도 있었다면 얼마나 좋았을까요? 아! 불쌍한 사람들! 부인은 아이들을 침실로 올려 보냈고, 세관원은 등불을 밝혀 해안을 살피러 나갔습니다. 우리들은 방구석의 등불 앞에서, 마치 바다 한가운데서 파도에 시달리기라도 하듯 침상에서 몸을 뒤채는 환자를 돌보았습니다. 그의 풍투라를 조금이라도 진정시키기 위해서 우리는 자갈과 벽돌을 데워 옆구리에 대 주었습니다. 나도 몇 번 그의 침상 곁으로 다가갔는데, 환자는 나를 알아보았는지 고맙다는 표시로 힘겹게 손을 내밀었습니다. 그의 크고 거친 손은 막 불에서 꺼낸 벽돌처럼 뜨거웠습니다.

슬픈 밤이었습니다. 해가 저물자 날씨는 다시 나빠졌고, 밖에서는 높은 물결이 몰려와 부서졌습니다. 그 소리가 마치 바위와 파도가 한바탕 전쟁이라도 벌이는 듯했습니다. 때로는 먼 바다를 달려 문틈으로 새어 들어온 바람이 방 안을 휘돌고 가기도 했습니다. 그럴 때면 갑작스레 불꽃이 커지며 주위에 둘러앉은 선원들의 침울한 얼굴을 볼 수 있었습니다. 광활한 바다와 늘 한결같은 수평선에 길들여진 사람들답게 그들은 평온한 표정으로 불길을 바라보았습니다. 이따금 팔롱보가 가벼운 신음 소리를 내면, 가족들과 떨어져 변변한 치료조차 받지 못하고 죽어 가는 불행한 동료가 누워 있는 구석으로 사람들의 시선이 쏠렸고, 모두 슬픔에 젖어 한숨을 내쉬곤 했습니다. 참을성 많고 유순한 바다 노동자들이 자신들의 불행한 처지를 한탄하는 방법은 그것밖에 없었습니다. 반란도 파업도 꿈꾸지 못하는 그들이 할 수 있는 것이라곤 깊은 한숨을 내쉬는 것이 전부였던 겁니다! ……아니, 그렇지 않습니다. 내 앞을 지나 불에 나뭇가지를 던져 넣던 선원 하나가 슬픈 목소리로 나지막하게 내게 말했습니다.

"보셨지요, 선생님……. 우리 직업도 가끔은 이렇게, 이렇게 힘들답니다!"

퀴퀴냥의 신부

　해마다 성촉절*이 되면 프로방스의 시인들은 아비뇽에서 아름다운 시와 재미있는 이야기가 가득 담긴 재미있는 소책자를 펴냅니다. 올해에 발간된 책이 방금 제게 도착했는데 거기서 아주 근사한 우화시를 발견했습니다. 그 이야기를 조금 간추려 여러분께 들려 드릴까 합니다……. 파리에 사시는 분들은 바구니를 내밀어 보세요. 여러분께 프로방스의 고운 밀가루를 가득 담아 드릴 테니…….

　마르탱은 성직자였습니다……. 퀴퀴냥의 신부였지요.

---

* 천주교의 축일 중에 하나로, 크리스마스(noël, 노엘)로부터 40일째 되는 2월 2일을 성촉절이라고 한다. 성모 마리아가 예수 탄생 후 40일 만에 정결예식을 치르고 예루살렘 성지에 간 것을 기념하는 축일이다.

빵처럼 착하고 황금처럼 솔직한 그는 아버지처럼 퀴퀴냥 사람들을 사랑했습니다. 퀴퀴냥 사람들이 신부님의 마음을 조금만 더 알아주었다면 그는 퀴퀴냥을 지상낙원으로 여겼을 겁니다. 하지만 이를 어쩝니까? 고해실에는 거미줄이 쳐져 있고, 부활절 성체를 위한 빵은 성합 속에 그대로 간직되어 있었으니 말입니다! 신앙 깊은 사제는 마음에 큰 상처를 받았고, 그래서 늘 하느님께 길 잃은 양 떼들이 집으로 무사히 돌아올 때까지 자신이 죽지 않게 해 달라고 기도했습니다.

자, 과연 하느님께서 그의 기도를 들어주셨을까요?

어느 일요일, 복음서 낭독을 마치고 마르탱 신부가 교단에 올랐습니다.

"형제 여러분, 제 말을 들어 보세요. 지난밤, 이 불쌍한 죄인이 천국의 문 앞에 서 있는 꿈을 꾸었습니다."

그가 말문을 열었습니다.

"저는 문을 두드렸지요. 그러자 성 베드로님이 문을 열어 주는 게 아닙니까? 그리고 그가 말하더군요.

'착한 마르탱 씨, 당신이군요. 무슨 일로 오셨나요? 제가 도와드릴 일이라도 있나요?'

'성 베드로님, 당신이 천국의 명부와 열쇠를 가지고 계시다고 하니, 실례가 안 된다면 천국으로 갈 퀴퀴냥 사람들이 몇이나 되는지 말씀해 주실 수 있나요?'

'말씀 못 드릴 이유가 없지요, 마르탱 씨. 여기 앉으십시오. 어디 봅시다.'

성 베드로는 두꺼운 명부를 가져와 펼쳐 들고는 안경을 쓰며 말했습니다.

'어디 봅시다. 퀴퀴냥이라…… 퀴, 퀴, 냥. 여기 있군요. 퀴퀴냥……. 마르탱 신부님, 아주 하얗군요. 하나의 영혼도 없어요…… 거위가 삼킨 밀 이삭처럼 흔적조차 없는걸요.'

'뭐라고요! 퀴퀴냥 사람이 하나도 없다고요? 단 한 명도? 그럴 리가! 자세히 좀 봐 주세요…….'

'아무도 없다니까요. 못 믿겠으면 신부님께서 직접 확인해 보세요.'

'오, 저런!'

나는 발을 동동 구르며 두 손 모아 자비를 구했습니다. 그러자 성 베드로님이 말씀하셨습니다.

'저를 믿으세요, 마르탱 씨. 애태울 필요 없습니다. 그러다가 쓰러지면 어쩌려고요? 누가 뭐라 해도 이건 당신 탓이 아닙니다. 당신네 퀴퀴냥 사람들은 틀림없이 연옥에서 따로 머물러 있을 겁니다.'

'오, 위대한 성 베드로님. 제게 자비를 베풀어 주시어 그들을 만나 위로라도 해 줄 수 있도록 도와주세요!'

'기꺼이 그렇게 해 드리지요……. 자, 길이 험하니 어서 이 신발로 갈아 신으세요. ……됐습니다……. 곧장 앞으로 가세요. 저기 끝에 길모퉁이가 보이지요? 거기에 가면 검은 십자가가 촘촘히 박혀 있는 은으로 된 문이 있어요. 그 문을 오른손으로 두드리면 누군가 문을 열어 줄 겁니다. 자, 그럼…… 부디 몸조심하시길!'

그렇게 나는 길을 떠났지요……. 걷고 또 걸었습니다. 얼마나 헤맸는지, 지금도 생각하면 소름이 끼칠 지경이에요. 가시덤불과 돌밭 길, 뱀들이 혀를 날름거리는 작은 오솔길을 따라가니 정말 은으로 된 문이 나오더군요.

'탕, 탕.'

'누구시오?'

짜증 섞인 목소리가 대답했습니다.

'퀴퀴냥의 신부입니다.'

'어디라고요?'

'퀴퀴냥이요.'

'아! ……들어오시오.'

나는 안으로 들어갔습니다. 칠흑처럼 검은 날개를 달고, 태양처럼 눈부신 옷을 입은, 허리에 다이아몬드 열쇠를 찬 아름다운 천사 하나가 성 베드로의 명부보다 두꺼운 책을 들고 뭔가 끄적대고 있었지요…….

'무슨 일이오? 뭘 원하시오?'

105

천사가 물었습니다.

'아름다운 천사님, 제가 알고 싶은 건 그러니까…… 혹시 여기에 퀴퀴냥 사람들이 와 있는지 해서요.'

'어디요?'

'퀴퀴냥이요, 퀴퀴냥. 전 그들을 위해 기도해 주는 사람입니다.'

'아! 마르탱 신부군요. 그렇지요?'

'그렇습니다. 천사님.'

'퀴퀴냥이라…….'

천사는 명부를 펼친 뒤 손가락에 침을 발라 가며 한 장 한 장 책장을 넘겼습니다…….

'퀴퀴냥이라…….'

그러더니 천사가 길게 한숨을 내쉬었습니다.

'마르탱 신부님, 연옥엔 퀴퀴냥 사람이 하나도 없군요.'

'오, 예수님! 마리아님! 요셉님! 연옥에 퀴퀴냥 사람이 하나도 없다니! 맙소사! 그럼 그들이 전부 어디로 갔다는 말인가요?'

'그렇다면, 신부님! 모두 천국에 있지 않을까요?'

'하지만 제가 지금 천국에서 오는 길인걸요?'

'천국에서 오는 길이라고요? 그렇다면…….'

'그런데 거기에도 없더군요! ……오! 성모 마리아님!'

'그렇다면 뻔하네요! 천국에도 연옥에도 없다면 그들이 있을 곳이라고는…….'

'오, 주여! 다윗의 후손이신 주님! 오! 어떻게 이럴 수가? ……성 베드로님이 거짓말을 하신 걸까요? ……하지만 닭 우는 소리도 들리지 않았는데……. 아! 불쌍한 우리 퀴퀴냥 사람들! 퀴퀴냥 사람들이 없는 천국에 제가 어떻게 갈 수 있단 말입니까?'

'가엾은 마르탱 신부님, 내 말을 들어 보세요. 그렇게 원하니제가 말씀드리지요. 이 오솔길을 따라가세요. 한시도 지체하지말고 달려야 해요. 거기 가면 왼쪽에 커다란 문이 있을 겁니다. 거기에서 모든 걸 알 수 있을 거예요. 하느님께서 직접 보여 주실테니까요!'

그렇게 말하고 천사는 문을 닫았습니다.

온통 시뻘건 숯불로 달아오른 기다란 오솔길이었습니다. 저는술에 취한 사람처럼 비틀거렸습니다. 발을 옮길 때마다 땅을 헛디뎌야 했지요. 온몸이 땀으로 흥건해져서 내 몸의 털 한 올 한올에 땀방울이 맺힐 정도였습니다. 목도 말라 헐떡여야 했답니다……. 그래도 성 베드로님이 빌려 주신 신발 덕분에 발을 데지않을 수 있었습니다.

절룩절룩, 무수히 헛발을 디디며 도착해 보니 정말로 왼쪽에문이 하나 있더군요. 문…… 아니 거대한 화덕의 입구처럼 생긴엄청난 크기의 입구가 입을 벌리고 있었지요. 오! 정말 대단했습니다! 거기서는 이름도 묻지 않았고 명부도 없었습니다. 그곳으로 여러분 형제님들이 일요일 무도회장 입장하듯 무리를 지어 한꺼번에 들어가더군요.

땀이 소나기처럼 쏟아지는데도 몸은 얼어붙고 살이 떨렸습니다. 머리카락이 쭈뼛쭈뼛 곤두설 지경이었지요. 어디선가 살이 타는 듯한 냄새가 났습니다. 대장장이 엘로이가 늙은 당나귀의 발굽에 징을 박으려고 살을 지질 때 마을에 퍼지던 냄새였지요. 역하고 매캐한 공기에 숨이 막힐 것만 같았습니다. 끔찍한 비명 소리와 신음 소리, 울부짖고 욕하는 소리가 들려왔습니다.

'이봐, 들어올 거야? 말 거야?'

뿔 달린 악마가 삼지창으로 저를 찌르며 물었지요.

'저요? 전 아닙니다. 하느님의 친구거든요.'

'하느님의 친구라…… 이런 젠장맞을, 그렇다면 이곳에는 뭐 하러 온 거야?'

'그러니까 제가 여기 온 건……. 아! 말도 마세요. 다리가 후들 거려 버틸 수가 없군요. 저는, 아주 먼 곳에서 왔는데…… 그러니까, 그러니까 혹시…… 여기 혹시…… 퀴퀴냥 사람들이…….'

'아! 이상한 녀석일세! 이봐 멍청한 친구, 여기가 바로 퀴퀴냥 인 걸 모르나? 못생긴 신부, 당신이 찾는 퀴퀴냥 사람들을 우리 가 어떻게 다루고 있는지 한번 보라고…….'

그리고 타오르는 화염 한가운데서 뭔가를 볼 수 있었습니다.

여러분도 잘 아는, 거의 매일 술에 취해 불쌍한 클레롱을 두들 겨 패던 껑다리 코크 갈린이었습니다.

거기에 콧대 높던 매춘부 카타리네……. 왜, 헛간에서 혼자서 잠자던…… 여러분도 기억하시지요? 그 요상스럽던 여자……. 넘어갑시다. 더 말할 필요도 없으니.

그리고 줄리앙 씨네서 올리브로 기름을 짜던 파스칼 두아드페도 보았지요.

이삭을 더 많이 줍겠다고 남의 헛간에서 한 움큼씩 짚단을 빼내던 바베도 있었답니다.

자기 손수레 바퀴에 멋지게 기름칠을 하던 그라파치 영감도 보았지요.

그리고 자기 우물물을 비싸게 팔아먹던 돌핀도 있었습니다.

성찬을 지고 가는 저를 만나면 파이프를 물고 모자를 눌러쓴 채, 마치 개라도 만난 듯 거만한 모습으로 지나치던 토르티야르도 만났습니다.

쿨로와 제트, 자크와 피에르 그리고 토니도 보았습니다……."

지옥에서 자기 아버지와 어머니, 할머니, 누나를 보았다는 말에 청중들은 경악하며 신음 소리를 냈습니다.

마르탱 신부는 계속 말을 이어 갔습니다

"그러니, 형제 여러분, 이런 일이 계속되어서는 안 되겠지요? 저는 영혼을 책임지는 사람입니다. 여러분이 머리를 들이밀고 있는 지옥 불에서 여러분을 구원해 주고 싶습니다. 저는 당장 실행에 옮길 것입니다. 내일부터 당장 해야 할 일이 있습니다. 이제부터 어떻게 실행해 나갈 건지 말씀드리지요. 무슨 일이건 제대로 진행하려면 순서가 필요한 법이니까요. 종키에르에서 춤을 추러 갈 때처럼 여러분은 차례차례 줄을 서야 합니다.

내일 월요일에는 노인들의 고해성사를 받겠습니다. 어려운 일이 아닙니다.

다음 날, 화요일에는 어린이들을 위한 고해성사가 있을 건데 그것도 그리 오래 걸리지 않을 겁니다.

수요일은 처녀 총각들인데, 이건 좀 길어질 수도 있습니다.

목요일은 남자분들입니다. 짧게 끝날 겁니다.

금요일은 여자분들. 미리 말씀드리지만 수다 떠는 일은 삼가해 주십시오!

토요일은 방앗간 주인들! ⋯⋯이 날은 한 사람으로도 시간이 모자랄 수 있겠군요!

일요일에는 이 모든 걸 끝내고 기분 좋게 다시 만날 수 있을 겁니다.

자, 성도 여러분. 밀이 익었으면 추수를 해야 하고 포도주를 땄으면 마셔야 합니다. 더러운 속옷이 있으면 빨아야 하고요. 아주 깨끗하게 빨아야지요.

부디 여러분께 하느님의 축복이 있기를 바랍니다. 아멘!"

사제가 한 말은 그대로 실행에 옮겨졌습니다. 사람들은 깨끗이 자신들을 빨래했지요.

잊지 못할 그 일요일 이후, 퀴퀴냥 사람들의 미덕에 관한 소문은 주위 사방으로 퍼져 나갔습니다.

기쁘고 행복한 날을 보내던 선한 목자 마르탱 신부는 어느 날 밤 양 떼를 이끌고 가는 꿈을 꾸었습니다. 꿈에서 그는 장엄한 행렬을 이끌고 어린 성가대가 테 데움*을 합창하는 가운데 불 밝힌 촛불과 향내 풍기는 구름 사이를 지나 하느님의 나라로 이르는 밝은 길을 따라갔습니다.

자, 이상이 퀴퀴냥의 신부에 대한 이야기입니다. 어느 루마니아의 거지가 자기의 착한 친구에게 들었다며 여러분께 전해 주라고 들려준 이야기입니다.

---

* "테 데움 라우다므스(Te Deurn laudamus)"라는 말로 시작되는 찬가. 29의 시구로 되어 있으며 하느님, 그리스도, 성령의 삼위일체를 찬양하고 있다. 고대 가톨릭의 일요일과 축제일 등에 그레고리오 성가의 선율로 노래했다.

노인들

"편지가 왔다고요, 아장 씨?"

"네, 선생님……. 파리에서 왔네요."

친절한 아장 영감님은 파리에서 편지가 왔다는 사실이 무척 자랑스러운 모양입니다……. 하지만 나는 그렇지 않았습니다. 이른 아침 갑자기 내 책상 위에 놓여진, 파리 장자크 가에서 온 이 편지가 왠지 내 하루를 앗아 갈 것 같다는 생각이 들었기 때문입니다. 그리고 내 예감은 틀리지 않았습니다. 한번 읽어 보세요.

친구, 자네가 나를 좀 도와줘야겠네. 자네 방앗간을 하루만 닫고 곧바로 에이기에르로 가 주었으면 좋겠네……. 에이기에르는 자네가 있는 곳에서 약 십오 킬로미터 떨어진 곳으로 아주 큰 마을이라네. 산책 삼아 가 볼 만한 거리지. 거기 도착하면 수녀원에서 운영하는 고아원을 물어본 다음 고아원 바로 다음 집, 그러니까 작은 뒷마당이 있고 회색 덧창이 달린 나지막한 집을 찾게나. 문은 항상 열려 있으니 대문도 두드릴 필요 없이 그냥 들어가 큰 소리로 외치기만 하면 되네.

'안녕하세요, 여러분! 저는 모리스의 친구입니다…….'

그러면 두 노인, 아주 늙어 꼬부라진 두 노인이 커다란 의자에 깊숙이 몸을 박은 채 자네에게 손을 내밀 거야. 자네가 나를 대신해 두 분을 안아 드리게. 두 분을 자네의 가족이라 생각하고 말이야. 그리고 두 분의 말벗이 되어 주게. 두 분은 줄곧 내 얘기만 할 거야. 터무니없는 소리를 하시더라도 웃지 말고 잘 들어주게나……. 비웃어선 안 되네. 그분들은 내 조부모님들이야. 두 분에게는 내가 세상의 전부지. 못 뵌 지도 십 년이 넘었군……. 십 년, 정말 긴 세월이야! 하지만 어쩔 수 없었네! 난 파리에서 꼼짝도 할 수 없었고 두 분은 연세가 너무 많으시니 말이야. 연로하신 탓에 나를 만나러 오다가는 중간에 쓰러지고 말 것 같아서……. 방앗간 친구, 자네가 그곳에 살아서 얼마나 다행인지 모르네. 불쌍한 두 분이 나를 안아 주는 기분으로 자네를 포옹해 주실 수 있을 테니 말이야. 우리가 얼마나 친한 사이인지는 누차 말씀을 드렸거든…….

그놈의 우정 타령이라니! 아침부터 날씨가 참 좋긴 했지만 당장 길 위로 뛰쳐나가고 싶을 정도는 아니었습니다. 전형적인 프로방스의 날씨답게 북서풍도 꽤 불었고 햇볕도 강했습니다. 이 성가신 편지가 도착했을 때 나는 이미 바위틈에 쉴 곳을 보아 둔 터였습니다. 도마뱀처럼 꼼짝 않고 햇빛을 받으며 소나무의 속삭임과 함께 하루를 보내려 마음먹고 있었는데……. 하지만 어쩌겠습니까? 나는 투덜거리며 방앗간 문을 잠그고 열쇠를 환기구 구멍 밑에 밀어 넣은 뒤 지팡이와 파이프를 챙겨 길을 떠났습니다.

에이기에르에 도착했을 때는 두 시가 가까운 시각이었습니다. 모두들 밭으로 나갔는지 마을은 텅 비어 있었습니다. 허옇게 먼지 앉은 느릅나무에서는 매미들이 큰 소리로 울어 댔습니다. 시청 광장에는 당나귀가 햇볕을 쬐고 있었고, 성당의 분수대 위에는 비둘기들이 날고 있었지만 정작 고아원이 어딘지 알려 줄 사람은 찾아볼 수 없었습니다. 다행히도, 자기 집 문 앞에 쭈그리고 앉아 실을 잣고 있는 늙은 요정 한 분이 눈에 띄었습니다. 나는 노인에게 길을 물었습니다. 그런데 이 요정 같은 마력의 할머니가 씨아*를 들어 올리는 순간 마치 마법처럼 고아원이 내 눈앞에 나타나는 게 아닙니까? 커다란 고아원 건물은 검고 우중충한 자

---

* 토막나무 사이에 둥근 나무 두 개를 끼워 돌리며 목화의 씨를 빼는 기구를 말한다..

태를 뽐내고 있었습니다. 아치 모양의 대문에는 붉은 사암으로 만든 낡은 십자가가 걸려 있었고 십자가 둘레엔 라틴어로 무언가 쓰여 있었습니다. 그 고아원 옆으로 작은 집이 하나 보였습니다. 회색 덧창에 뒷마당이 나 있는…… 그 집을 한눈에 알아본 나는 문도 두드리지 않고 안으로 들어갔습니다.

길게 이어지는 조용하고 서늘한 회랑과 분홍색으로 칠한 벽과 밝은색 차양 사이로 꽃과 바이올린이 그려진 색 바랜 패널, 그 너머로 언뜻언뜻 보이는 작은 텃밭은 내게 평생 잊지 못할 강렬한 인상을 남겨 주었습니다. 마치 스텐*시대의 늙은 대법관의 집에 온 듯했습니다……. 복도 끝 왼쪽의 반쯤 열린 문 사이로는 커다란 괘종시계의 째깍거리는 소리와 함께 어린아이의 목소리가 들려왔습니다. 학교에 다니는 아이인지 매 음절마다 간격을 두며 책을 읽고 있었습니다.

"그때, 성인, 이레네가, 소리쳤습니다, 나는, 주님의, 밀알이니, 이, 짐승들의, 이빨로, 나를, 뭉개, 주시오."

나는 조용히 그 방으로 다가가서 안을 들여다보았습니다.

조용하고 침침한 작은 방 안에는 뺨이 붉고 손가락까지 주름이 깊이 팬 노인 한 분이 소파 깊숙이 몸을 묻고 입을 벌린 채 무릎에 두 손을 올리고 잠들어 있었습니다. 그 발치에는 파란색 옷을 입은 - 고아원복인 듯 커다란 외투와 작은 모자를 쓴 — 소녀 하

---

* 프랑스의 극작가 미셸-장 스텐(Michel-Jean Sedaine, 1719~1797)을 말한다.

나가 자기 몸집보다 큰 책을 들고 성인 이레네의 생애를 읽고 있었습니다. 소녀의 책읽기는 온 집안에 기적 같은 효과를 불러일으켰습니다. 노인은 의자에 앉아, 파리는 천장에 붙은 채, 카나리아는 창문 아래 새장 속에서 졸고 있었지요……. 커다란 괘종시계도 째깍거리며 코를 골고 있었습니다. 방 안에 깨어 있는 것이라고는 닫힌 덧문 사이로 일직선으로 스며드는 흰 빛줄기뿐이었습니다. 빛은 생생한 반짝임으로 미세하게 요동치고 있었습니다.

모두 졸고 있는 가운데 소녀만이 진지하게 책읽기를 계속하고 있었습니다.

"그러자, 두, 마리의, 사자들이, 그에게, 달려들어, 그를, 삼켜, 버렸습니다……."

바로 그때 내가 방으로 들어섰습니다……. 이레네를 잡아먹은 사자들이 방으로 들어왔다 해도 이보다 더 놀라진 않았을 겁니다. 정말 연극의 한 장면 같았습니다! 어린 소녀는 비명을 지르고, 두꺼운 책은 바닥으로 굴러 떨어지고, 카나리아와 파리들은 잠에서 깨어나고, 시계가 울어 대고, 노인도 깜짝 놀라 벌떡 일어났습니다. 조금 당황한 나도 문턱에 멈춰서 큰 소리로 외쳤습니다.

"안녕하세요? 여러분! 저는 모리스의 친구입니다."

오! 불쌍한 할아버지의 반응을 여러분도 보았어야 합니다! 할아버지는 팔을 활짝 벌리고 다가와 나를 안으며 악수를 했고 '오! 세상에! 맙소사!'를 외치며 온 방을 뛰어다녔습니다.

할아버지의 모든 주름들이 웃고 있었습니다. 얼굴이 붉게 상기되어 말까지 더듬었습니다.

"아! 그러니까 자네! 아! 자네가……."

그러다가 할아버지는 누군가를 부르며 안쪽으로 들어갔습니다.

"마메트!"

복도에서 쥐가 내달리는 듯한 소리가 들리더니 스르륵 문이 열렸습니다……. 마메트 할머니였습니다. 리본 달린 모자를 쓰고 갈색 옷을 입은 작은 체구의 노부인은 무엇에도 견줄 수 없을 만치 아름다웠습니다. 그녀는 옛날식으로 예의를 차린, 자수를 놓은 손수건을 손에 들고 있었습니다……. 두 노인은 애처로울 정도로 서로 닮아 보였습니다. 노란색 머리띠와 리본만 했다면 할아버지를 마메트라 불러도 손색이 없을 정도였습니다. 다른 점이 있다면 진짜 마메트 할머니가 살면서 더 많은 눈물을 흘리셨는지 할아버지보다 주름이 더 많다는 것이었습니다. 할머니 옆에도 고아원에서 온 여자아이가 있었습니다. 마찬가지로 파란색 고아원 외투를 입은 아이는 보호자라 되는 듯 할머니 곁에서 잠시도 떠나지 않았습니다. 어린 고아원의 소녀들이 두 노인을 보살펴 주는 모습은 더없이 감동적이었습니다.

문에 들어선 마메트 할머니는 무릎을 굽혀 인사를 하려다가 할아버지의 한마디에 동작을 멈추었습니다.

"이분이 모리스의 친구라는군."

순간 할머니는 몸을 떨며 눈물을 흘렸고, 손수건을 떨어뜨렸습니다. 그리고 이내 얼굴이 붉어지며 할아버지보다도 붉게 얼굴이 달아올랐습니다. 참, 노인들이란! 혈관에 피도 얼마 남지 않았을 텐데, 조금만 감정이 고조되어도 얼굴이 빨갛게 달아오르곤 했습니다.

"어서, 어서, 의자를 가져오너라."

할머니가 소녀에게 말했습니다.

"덧문을 열어 다오."

할아버지도 자기를 따라다니는 소녀에게 아주 큰소리로 말했습니다.

두 노인은 각자 내 손을 하나씩 잡고 내 얼굴을 좀 더 자세히 보기 위해 활짝 열어 놓은 창문 쪽으로 서둘러 나를 끌고 갔습니다. 두 분은 의자를 끌어와 나를 중간의 접이의자에 앉혔고, 파란 옷의 소녀들이 뒤에 서 있는 가운데 내게 질문을 퍼붓기 시작했습니다.

"모리스는 어떻게 지냈다던가? 무슨 일을 하며 지내나? 왜 오지 못한 건가? 잘 살고 있는 건가?"

이러쿵저러쿵! ……이렇게 시간이 흘러갔습니다.

나는 모든 질문에 최선을 다해 대답했습니다. 친구에 대해 알고 있는 세세한 부분까지 말씀드렸고, 잘 모르는 부분에 대해서는 천연덕스럽게 말을 지어내기까지 했습니다. 모리스의 집 창문이 잘 닫히는지, 그의 방 벽지 색깔이 무슨 색인지, 내가 아는 게 별로 없다는 사실을 들키지 않으려고 조심하면서 말입니다.

"벽지 색깔이요? ……파란색이에요, 부인. 꽃장식이 들어간 밝은 파란색이요."

"정말인가?"

감동한 가엾은 노부인은 남편을 향해 돌아서며 덧붙였습니다.

"정말 착한 아이예요!"

"오! 그럼, 착하고말고!"

할아버지도 신이 나서 맞장구쳤습니다.

내가 이야기하는 내내 두 노인은 마주 보며 고개를 끄덕이면서 가벼운 웃음을 지었고, 그럴 줄 알았다는 듯 윙크를 주고받기도 했습니다. 할아버지는 이따금 내게 얼굴을 가까이 대고 이렇게 말씀하셨습니다.

"좀 더 크게 말해 주게나. 이 사람 귀가 좋지 않아서 말이야."

하지만 할머니도 같은 말씀을 했습니다.

"조금만 크게 말해 줘요. 할아버지가 잘 듣질 못해서……."

그러면 나는 소리를 높였고 두 분은 웃음으로 고마움을 표했습니다. 나를 향한 두 분의 희미한 미소에서 나는 모리스의 얼굴을 찾아보려 했습니다. 그리고 저 멀리 안개 속에서 찾은 듯 희미하고 아련한 친구의 웃음 띤 얼굴을 발견하고는 가슴이 따뜻해졌습니다.

갑자기 할아버지가 의자에서 벌떡 일어났습니다.

"마메트, 그러고 보니…… 아직 점심 식사도 못 했겠구려."

깜짝 놀란 마메트 할머니가 하늘을 향해 두 팔을 들어 올리며 소리쳤습니다.

"식사도 하지 못했다니! ……맙소사!"

그때까지 나는 두 분이 모리스에 대한 이야기를 하는 줄 알았습니다. 그래서 당신의 착한 손자는 늦어도 정오에는 점심을 챙겨 먹는다고 대답하려고 했습니다. 하지만 그게 아니었습니다. 두 분은 내 이야기를 하고 계셨던 겁니다. 내가 아직 식사를 못 했다고 고백하자 두 분이 얼마나 소란을 피우시던지…….

"서둘러라. 귀여운 아가들아! 식탁은 한가운데 놓고, 식탁보는 일요일에 까는 것으로. 꽃무늬 접시도 놓아야지. 자, 장난은 그만 치고 서둘러라."

소녀들이 얼마나 서둘렀던지 얼마 지나지 않아 뚝딱 점심 식사가 차려졌습니다.

"맛있게 들어요! 그런데 식사는 혼자 해야겠구려……. 우린 벌써 아침나절에 식사를 마쳤거든."

마메트 할머니가 나를 식탁으로 이끌며 말씀하셨습니다.

가엾은 노인네들! 그분들은 손님들에게 언제나 아침나절에 식사를 했다고 말씀하시겠지요!

마메트 할머니가 차려 준 식사는 우유 조금과 대추야자 열매 그리고 바게트 한 조각과 에쇼데처럼 생긴 과자였습니다. 할머니와 그녀의 작은 카나리아들이 일주일은 먹을 분량이었지요……. 그만큼의 식량을 나 혼자서 다 먹어 치운 것입니다! 그러니 식탁 주변에서 분노의 목소리가 높아질 수밖에요! 파란 옷의 소녀들은 팔꿈치로 서로를 찌르며 속닥댔고, 저쪽 새장에서도 카나리아들이 말하는 게 들리는 듯했습니다.

"맙소사! 저 사람이 저걸 다 먹어 치웠어!"

음식을 먹는 동안에도 나는 마치 고풍스러운 향기가 풍기는 듯 깔끔하고 평화로운 방을 둘러보느라 이런 사실을 거의 눈치 채지 못하고 있었습니다……. 특히 나는 거의 요람과도 같은 두 개의 작은 침대에서 눈을 뗄 수 없었습니다. 나는 두 노인이 술이 달린 커다란 커튼 밑의 침대에서 새벽을 맞이하는 모습을 상상해 보았습니다. 시계가 세 시를 울립니다. 두 노인이 일어날 시간이지요.

"마메트, 자고 있소?"

"아니에요, 여보."

"모리스는 정말 착한 아이지 않소?"

"그럼, 그렇다마다요. 정말 착한 아이지요."

옆으로 나란히 놓여 있는 두 노인의 작은 침대만 보고도 나는 이런 상상을 할 수 있었습니다.

그런데 내가 상상하고 있는 동안 방 반대편 찬장 앞에서는 놀

121

라운 일이 벌어지고 있었습니다.

맨 위쪽 선반에서 십 년 동안 모리스를 기다려 온 버찌술 항아리들을 꺼내는 게 문제였습니다. 노부부는 나를 위해 그 술을 열려고 했습니다. 할머니가 말리는데도 할아버지는 직접 버찌술을 꺼내겠다고 고집을 부렸습니다. 할머니가 벌벌 떨고 있는 동안 할아버지는 의자 위에 올라가 맨 위 선반으로 손을 뻗쳤습니다……. 여러분도 그 장면을 상상해 보세요. 노인이 다리를 떨며 높은 곳에 올라서 있는 동안 파란 옷의 소녀들은 의자를 붙들고 마메트 할머니는 그 뒤에서 숨을 헐떡이며 팔을 내저었습니다. 그리고 마침내 찬장이 열렸고 붉은 보자기가 쌓인 항아리에서 베르가모트의 은은한 향기가 풍겨 왔지요……. 정말 환상적이었습니다.

천신만고 끝에 찬장에서 버찌술 항아리를 꺼내는 데 성공했습니다. 술 항아리와 함께 찌그러진 은잔도 꺼냈는데 모리스가 어렸을 때 쓰던 잔이랍니다. 그 잔에 할아버지는 버찌를 가득 부어 주셨습니다. 모리스가 버찌를 얼마나 좋아했는지! 잔을 따라 주시던 할아버지가 입맛을 다시며 내 귀에 속삭였습니다.

"이걸 먹게 되다니, 자네는 정말 행운아야! 우리 할멈이 담근 건데 맛이 좋을 거야."

이런! 할머니가 직접 담그셨다는데, 설탕 넣는 걸 잊으신 게 분명했습니다. 하지만 어쩌겠습니까! 나이가 들면 뭐든 잘 잊어버리기 마련이니까요. 불쌍한 마메트 할머니…… 할머니의 버찌는 너무 썼습니다……. 하지만 나는 눈썹 한 번 찡그리지 않고 끝까지 먹었습니다.

식사가 끝나고 난 뒤 나는 두 분을 그만 쉬게 해 드리려고 자리에서 일어났습니다. 두 노인은 나를 붙잡으며 착한 손자 이야기를 더 듣고 싶어 했습니다. 하지만 날도 저물었고 방앗간까지는 길이 꽤 멀기에 일어서야만 했습니다.

할아버지도 나를 따라 자리에서 일어났습니다.

"마메트, 내 옷 좀 꺼내 주구려! ……광장까지만이라도 데려다 줘야겠어."

광장까지 데려다주기에는 날씨가 좀 춥다고 생각했겠지만 할머니는 그런 마음을 표현하지 않으셨습니다. 대신 남편이 진주로 만든 단추가 달린 멋진 스페인풍 옷을 입는 것을 도와주며 부드럽게 말씀하셨습니다.

"늦지 않을 거지요?"

그러자 할아버지가 익살스럽게 대답하셨습니다.

"헤, 헤! 혹시 또 모르지……."

이 말에 두 분은 마주 보며 웃음을 터뜨렸습니다. 파란 옷의 소녀들도 이런 두 분을 바라보며 웃었고 구석의 카나리아들도 함께 웃었습니다……. 우리끼리 하는 말이지만, 버찌술 냄새가 모두를 약간 취하게 했던 모양입니다.

……할아버지와 내가 나섰을 때 이미 해는 떨어져 있었습니다. 파란 옷의 소녀가 할아버지를 다시 모셔 가기 위해 멀찍이 서서 우리를 따라왔습니다. 소녀가 따라오는 것을 모르는 할아버지는 내 팔짱을 끼고 사내다운 걸음걸이로 의기양양하게 걸으셨습니다. 할머니도 문 앞에서 환하게 웃으며 이런 모습을 바라보고 있었습니다. 귀여운 처녀처럼 고개를 끄덕이는 모습은 마치 이렇게 말씀하시는 것 같았습니다.

"우리 영감님……. 아직 저렇게 정정하시다니!"

빅시우 영감님의 가방

파리를 떠나기 며칠 전 10월의 아침이었습니다. 내가 식사를 하고 있는데 한 노인이 집을 찾아왔습니다. 다 헤진 옷을 입은 노인은 안짱다리에 등이 굽었고, 깃털 뽑힌 학처럼 기다란 다리를 떨고 있었습니다. 바로 빅시우 영감님이었습니다. 그렇습니다, 파리 시민 여러분! 지난 십오 년 동안 유쾌하고도 가차 없는 풍자 글과 캐리커처로 여러분을 즐겁게 해 주었던 신랄한 익살꾼, 바로 그 빅시우 영감 말입니다! ……아! 어찌나 불쌍하고 가슴 아프던지! 들어오면서 얼굴을 찡그리지 않았다면 나는 그를 알아보지 못했을 겁니다.

침통한 얼굴의 만평가는 어깨 쪽으로 고개를 잔뜩 기울인 채 마치 클라리넷을 불듯 지팡이를 입에 갖다 대고는 방 한가운데로 걸어 들어왔습니다. 그러고는 내 식탁 앞에 몸을 굽히며 처량한 목소리로 말했습니다.

"이 가엾은 장님을 불쌍히 여겨 주시게!"

그의 장님 흉내가 너무 그럴듯해서 나는 웃음을 참을 수 없었습니다. 하지만 정작 그는 정색을 하며 말했습니다.

"자네는 내가 농담을 한다고 생각하는가 보군…… 하지만 내 눈을 잘 보게나."

그는 눈동자가 비어 있는, 크고 하얀 두 눈으로 내게 돌아섰습니다.

"이보게, 난 장님이라네. 앞으로 평생 앞을 볼 수 없지…… 이게 글로써 독설을 퍼부은 대가라네. 잘난 직업 덕택에 난 이렇게 두 눈을 태워 버리고 말았지. 이렇게 홀랑…… 아무것도 남기지 않고 말이야!"

영감님은 속눈썹 하나 남지 않고 하얗게 타 버린 눈꺼풀을 내보이며 말했습니다.

나는 너무 놀란 나머지 무슨 말을 해야 할지 생각이 나지 않았습니다. 내가 아무 말도 않자 불안해졌는지 그가 말을 이어 갔습니다.

"일하는 중이었나?"

"아니요. 식사 중이었습니다. 함께 하시겠습니까?"

그는 대답하지 않았지만 코끝이 떨리는 것으로 보아 먹고 싶어 미칠 지경이라는 걸 알 수 있었습니다. 나는 그의 손을 끌어

옆자리에 앉혔습니다.

음식이 차려지는 동안 불쌍한 노인은 킁킁 음식 냄새를 들이마시며 미소를 지었습니다.

"전부 다 맛있어 보이는군. 배부르게 먹겠어. 아침을 먹어 본지 얼마나 됐는지 몰라! 아침마다 정부 부처를 쫓아다니며 싸구려 빵 한 조각을 얻어먹는 게 전부였어……. 요즘은 정부 부처를 돌아다니는 게 유일한 소일거리라네. 담배 가게라도 하나 얻어 보려고 애쓰는 중이야……. 어쩌겠나! 밥은 먹고 살아야지 않겠나. 더 이상 그림도 못 그리고 글도 쓰지 못하니 말이야. 구술로 하면 되지 않느냐고? ……뭘 읽어 주겠나? 머릿속에 아무것도 들어 있질 않은데……. 이젠 아무것도 할 수 없다네. 내 직업이란 게 찡그린 파리의 표정을 보고 그리는 건데 말이야. 이젠 방법이 없어……. 그래서 생각해 낸 게 담배 가게라네. 물론 큰길가에서는 불가능하겠지. 내가 발레리나의 어머니도 아니고 고위 장교의 미망인도 아닌데, 나한테까지 차례가 오진 않겠지. 그저 멀리 보쥬 지방의 구석탱이에 작은 가게 하나 얻었으면 한다네. 도자기로 구운 멋진 파이프도 갖다 놓을 걸세. 이름도 에르크만과 샤트리앙*의 소설에 나오는 한스나 제베데 같은 걸로 바꿀

* 에밀 에르크만(Émile Erckmann)과 루이 알렉상드르 샤트리앙(Louis-Alexandre Chatrian)은 19세기 프랑스의 지방주의 소설가들로 별다른 문학적 주장을 내세우지 않고 소박한 지방 소설로 평판을 얻었다. 주로 알자스 지방을 무대로 한 소설을 썼으며 프랑스-프로이센 전쟁을 배경으로 애국주의적인 작품들을 남겼다.

거야. 동료들의 책장으로 담배나 말면서 더 이상 글을 쓸 수 없는 내 처지나 위로해야지.

내가 원하는 건 이게 다일세. 별것 아니지. 하지만 이조차도 만만치가 않군……. 예전 같으면 날 후원해 줄 사람이 많았겠지. 나도 잘 나갔으니 말이야. 장군들이며 영주, 장관들 집을 드나들며 식사를 함께하곤 했었지. 모두들 나를 만나길 원했어. 그들을 즐겁게 해 주거나 겁을 주었으니까. 하지만 이제는 아무도 날 두려워하지 않는다네. 내 눈! 불쌍한 내 눈! 이제 아무도 나를 초대하지 않아. 식탁에 장님과 앉아 있으면 얼마나 서글프겠나! 빵 좀 건네주겠나? 그나저나 저 못된 놈들이 별것도 아닌 담배 가게 하나 가지고 어찌나 비싸게 구는지! 벌써 육 개월 동안이나 청원서를 들고 관청들을 뛰어다니고 있다네. 아침나절 사람들이 냄비를 데우고 운동장 모래밭에서 장관님의 말들을 운동시킬 무렵이면 도착해서 해가 저물어야 집에 돌아가지. 사람들이 커다란 램프를 켜기 시작하고 부엌에서는 맛있는 냄새가 풍길 무렵에 말이야…….

이렇게 대기실 나무 의자에 앉아 허송세월을 보내고 있는 거지. 이제 수위들도 나를 알아본다네! 내무부에서는 나를 "재미있는 양반!" 하고 부르지. 그들에게 도움이라도 받을까 해서 재미난 이야기를 해 주거나 종이 한 귀퉁이에 쓱쓱 수염을 그려서 그들을 웃겨 주거든……. 이십 년 동안 거침없던 사람이 이 꼴이 되고 말았다네. 예술가의 말년이 그렇지! ……그런데도 이런 직업을 가지고 싶어 안달하는 이들이 프랑스에만 사만 명은 될 거야! 그러니까 매일 지방에서 올라오는 기차간마다 문학이나 출판을 해 보려는 멍청이들로 그득한 거지! ……아! 시골의 몽상가들이 이 빅시우의 비참한 모습을 보고 교훈을 얻게 되었으면!"

말을 마친 빅시우 영감은 다시 코를 접시에 박고 말 한마디 없이 게걸스레 먹어대기 시작했습니다. 그 모습은 보기에 안타까울 정도였습니다. 그는 수시로 빵이나 포크를 놓쳤고 더듬거리며 물 잔을 찾기도 했습니다. 불쌍한 영감! 아직도 앞이 보이지 않는 것에 익숙하지 못한 겁니다.

얼마 있다가 그가 다시 입을 열었습니다.

"그런데 더 끔찍한 게 뭔지 아나? 더 이상 신문을 읽을 수 없다는 거야. 같은 직업을 가졌으니 이게 무얼 뜻하는지 알 걸세……. 때론 집으로 오는 길에 신문을 한 부 사 오기도 한다네. 단지 축축한 신문 종이와 새로운 소식의 냄새를 느끼고 싶어서 말이야……. 그 냄새가 얼마나 좋던지! 하지만 내겐 신문을 읽어 줄 사람이 아무도 없네. 아내가 읽어 줄 수도 있지만 내켜 하질 않아. 신문에 실린 갖가지 사건들이 너무 끔찍하다나 어쨌다나……. 아! 예전엔 말괄량이였던 여자들이 결혼만 하면 더없는 요조숙녀가 된다니까. 빅시우 부인이라 불리게 된 이상 독실한 신앙인이 되어야겠다고 생각한 모양이야. 그것도 아주 독실한!

라 살레트*의 물로 내 눈을 씻으려 들질 않나, 빵과 헌금 봉헌에, 고아원 기부에, 중국 어린이들을 위한 기부금에, 이루 다 헤아릴 수도 없을 정도야! 이렇게 자선 활동에만 목들을 매고 있다네……. 내게 신문을 읽어 주는 것도 자선 활동인데 말이야. 하지만 그런 건 안중에도 없지. 딸아이라도 집에 있었더라면 신문을 읽어 줬을 텐데. 하지만 내 눈이 멀고 나서 입 하나라도 덜기 위해 딸아이를 노트르담 미술 학교에 보내 버렸지…….

아직까지 그 아이는 내게 유일한 희망이야! 아홉 살도 채 되기 전에 온갖 병이란 병은 다 앓았지. 게다가 침울한 성격에 못생기기까지 했다네! 어떻게 된 게 나보다도 더 못생겼어. 괴물처럼! 하지만 어쩌겠나! 내가 다 짊어지고 가야지……. 어쨌든 집안일을 다 이야기하니 맘이 좀 풀리는군. 자네하곤 상관없는 일인데…… 이봐, 브랜디나 한잔 주게나. 이제 슬슬 일하러 가 봐야지. 여기서 나가면 교육부로 갈 거야. 거기 수위들은 비위 맞추기가 힘들다네. 모두 과거 교사 출신들이거든."

나는 그에게 브랜디를 따라 주었습니다. 그는 침울한 표정으로 홀짝홀짝 술을 들이마셨습니다……. 한데 영감이 무슨 생각이 들었는지 손에 술잔을 든 채 일어나 눈먼 독사처럼 주위를 둘러보더니 이백 명의 하객이 모인 연회장에서 연설이라도 하듯 입가에 환한 미소를 지으며 귀청이 찢어지게 외치는 것이었습니다.

---

* 성모 마리아가 나타나 기적을 행했다고 전해지는 프랑스의 성지를 말한다.

"예술을 위하여! 문학을 위하여! 언론을 위하여!"

그리고 십 분가량이나 연설이 이어졌습니다. 익살꾼의 머리에서 나온 엉뚱하고 놀라운 즉석 공연이었습니다.

'1860년, 올해의 문학 모음'이라는 제목의 연말 잡지를 상상해 보십시오. 소위 우리의 문단이라는 것, 우리의 잡설들, 우리의 논쟁들, 광대들이 벌이는 괴상한 짓거리들, 먹물들의 시답잖은 짓거리들……. 거기서 서로의 목을 조르며 치고받고, 남의 것을 베끼고, 장사꾼들처럼 이윤과 일확천금을 꿈꾸는…… 그렇다고 남들보다 목구멍에 풀칠하기 수월하지도 않은 그곳을. 우리들은 얼마나 비겁하고 비참한지……. 늙은 통볼라의 T 남작은 동냥 그릇에 포주의 옷을 걸치고 '궁시렁 궁시렁' 튈르리 공원을 지나고……. "작고한 고인께서는! 가엾은 고인께서는……." 하고 일 년 내내 똑같은 부고와 장례식 공고와 의원님의 추모사가 이어지지만 무덤을 위해 누구도 돈 한 푼 내지 않는…… 누구는 자살하고 누구는 미쳐 버리는…… 이 모든 것을 어떤 천재적인 이야기꾼이 몸짓까지 섞어 가며 상세히 이야기한다고 생각해 보십시오. 이 정도면 여러분도 빅시우 영감님의 즉흥 연설이 어떤 것이었는지 짐작하실 겁니다.

건배가 끝나고 잔이 다 빌 즈음 그는 내게 시간을 물어보고는 작별인사도 없이 화가 난 듯 떠나 버렸습니다……. 오늘 아침 뒤

뤼 장관의 수위들이 그의 방문을 어떻게 생각했을지 모르겠습니다. 하지만 내 일생에 이 고약한 늙은이가 떠난 뒤처럼 슬프고 가슴 아픈 적은 없었습니다. 내 앞의 잉크병과 펜이 끔찍하고 역겹게 느껴지기까지 했습니다. 어디 먼 곳으로 나가 나무도 바라보고 좋은 공기도 맡고 싶었습니다……. 하늘이 얼마나 증오스럽고 원망스러웠을까요! 누구에게든 욕이라도 하고 침이라도 뱉고 싶었을 겁니다! 오! 불쌍한 영감님…….

영감이 딸 이야기를 할 때의 혐오와 냉소로 가득찬 목소리가 귓가에 울리는 듯해서 분노를 삭이며 방을 서성여야 했습니다.

그런데 문득 맹인 영감이 앉았던 의자 근처에서 뭔가 발길에 채이는 걸 느꼈습니다. 고개를 숙이니 영감님의 가방이 보였습니다. 귀퉁이가 다 헤져 번들번들 윤이 나는 가방이었지요. 늘 지니고 다니던 이 가방을 영감은 우스갯소리로 '독설 가방'이라 불렀습니다. 우리 세계에서는 지라르댕 씨의 서류철만큼이나 유명했습니다. 사람들은 그 가방 안에 뭔가 무시무시한 게 들어 있을 거라 말하곤 했습니다. 그걸 한번 확인해 볼 좋은 기회였습니다. 그런데 그만 낡은 가방에 잔뜩 들어 있던 것들이 우르르 쏟아지고 말았습니다. 그와 함께 안에 있던 종이들이 양탄자 위로 흩어졌고 나는 그걸 하나하나 주워야만 했습니다…….

그중에서 꽃무늬 편지지에 쓴 편지 묶음 하나를 발견했습니다. 편지는 모두 '사랑하는 아빠께'로 시작되었고 '마리의 딸, 셀린

빅시우'라는 서명이 들어 있었습니다.

오래된 소아과 진단서들도 있었습니다. 후두염, 경련, 성홍열, 홍역……. (불쌍한 딸아이는 이 병들을 빠짐없이 앓았던 모양입니다!)

거기에는 봉인된 커다란 봉투도 하나 있었습니다. 봉투 밖으로, 마치 어린 소녀의 모자 밖으로 삐져나온 것처럼 곱슬곱슬한 금발 머리칼 몇 가닥이 보였습니다. 그리고 봉투 겉봉에는 눈먼이의 떨리는 필체로 이렇게 쓰여 있었습니다.

'셀린의 머리카락. 5월 13일, 아이가 저 세상으로 간 날에 자름.'

이상이 빅시우 영감의 가방에 있던 것들입니다.

파리 시민 여러분! 여러분도 다르지 않습니다. 혐오와 모순, 비웃음, 신랄한 농담…… 그리고 끝인 거지요……. '5월 13일에 자른 셀린의 머리카락'처럼.

황금 뇌를 가진 남자
- 재미있는 이야기를 원하시는 부인께

부인, 당신이 보내 주신 편지를 읽고 무척이나 죄송했습니다. 그동안 너무 침울한 이야기만 들려 드린 것 같아 오늘은 너무 우스워서 배꼽을 잡을 만한 이야기들을 꼭 해 드리려고 마음을 먹었답니다.

하지만 이토록 우울한 건 왜일까요? 안개 덮인 파리를 멀리 등지고, 북소리가 울리고 사향포도주가 넘쳐나는 고장의 햇살 가득한 언덕 위에 살면서 말입니다. 제 주변은 온통 햇살과 음악뿐이지요. 피리새들은 나를 위해 오케스트라를 연주하고 박새들은 합창을 들려줍니다. 아침에는 마도요들이 '쿠렐레이! 쿠렐리이!' 하고 노래하고 정오가 되면 매미들이 울어댑니다. 목동들은 피리를 연주하고 포도밭에서는 갈색 머리의 아름다운 소녀들의 웃음소리가 터져 나오지요……. 사실 이곳은 우울함과는 거리가 먼 곳입니다. 오히려 부인께 장밋빛 시나 사랑 이야기 한 바구니를 보내 드리기에 적당한 곳이랍니다.

그런데 그러지 못하겠군요! 저는 여전히 파리 가까이에 있습니다. 매일 이곳의 소나무들에게까지 슬픔의 먼지가 전해지니까요……. 지금 글을 쓰고 있는 이 시간에도 불쌍한 샤를 바르바라의 비참한 죽음 소식을 전해 들었습니다. 그래서 나의 방앗간은 온통 슬픔에 젖어 있습니다. 도요새야, 매미야, 이젠 안녕! 더 이상 내 가슴엔 즐거움이 남아 있지 않단다……. 이것이 약속 드린 재미나고 웃긴 이야기 대신 오늘도 부인께 우울한 이야기를 전해 드려야 하는 이유입니다.

옛날, 황금 뇌를 가진 남자가 있었습니다. 그래요, 부인. 뇌 전체가 황금으로 되어 있었지요. 그가 세상에 나왔을 때 의사들마저도 머리가 너무 크고 무거워서 오래 살지 못할 거라고 이야기했습니다. 하지만 아기는 살아났고 햇볕을 듬뿍 받은 올리브나무처럼 쑥쑥 자라났습니다. 그러나 아이의 커다란 머리는 늘 골칫거리였습니다. 걸을 때마다 가구에 부딪히는 꼴은 보기 안쓰러울 정도였습니다……. 그는 정말 자주 넘어졌습니다. 어떤 날은 계단 높은 곳에서 굴러 대리석 계단에 부딪쳤는데 머리에서 쇠붙이 깨지는 소리가 났습니다. 사람들은 그가 죽었을 거라 생각했지요. 하지만 일으켜 보니 상처만 조금 남아 있을 뿐이었습니다. 대신 아이의 금발 머리카락에 두세 방울의 황금 조각이 붙어 있었습니다. 이렇게 해서 부모는 자신들의 아이가 황금 뇌를 가졌다는 사실을 알게 되었습니다.

하지만 이런 사실은 비밀에 부쳐졌습니다. 가엾은 아이는 자신의 비밀을 전혀 눈치채지 못했습니다. 자기는 왜 다른 아이들과 함께 문 앞에서 뛰어놀지 못할까 가끔 궁금해했을 뿐입니다.

"우리 보물단지를 누가 훔쳐 갈까 봐 그러는 거야!"

어머니는 이렇게 대답했습니다.

아이는 정말 누가 자신을 훔쳐 갈까 두려웠습니다. 그래서 학교에서 돌아와도 혼자서 놀았고, 말없이 무거운 머리를 끌고 이 방 저 방을 돌아다닐 뿐이었습니다…….

아이가 열여덟 살이 되자 부모는 아이가 가지고 태어난 끔찍한 선물에 대해 이야기해 주었습니다. 그리고 이제까지 키워 주고 먹여 준 대가로 머릿속의 금을 조금만 떼어 달라고 요구했습니다. 아이는 아무런 망설임도 없이 그 자리에서 금을 떼어 주었지요. 어떻게 그랬냐고요? 거기에 대해서는 전해지는 이야기가 없답니다. 어쨌든 아이는 호두 크기만 한 금덩이를 머리에서 떼어 내어 어머니의 무릎 위에 던져 주었습니다……. 이제 자기 머릿속에 엄청난 재물이 들어 있다는 사실에 황홀해진 아이는 욕망에 미치고 권능에 취해 부모의 집을 떠나갔습니다. 그리고 세상으로 나아가 자신이 지닌 보물을 맘껏 낭비하기 시작했습니다.

그가 분별없이 펑펑 금을 써대며 호화롭게 살아가는 것을 본 사람들이라면 그의 뇌가 결코 닳지 않을 거라고 생각했을 겁니다. 하지만 그의 뇌는 조금씩 없어지고 있었습니다. 사람들이 보기에도 그의 눈은 점점 희미해졌고 볼도 움푹 패어 가고 있었습니다. 그렇게 방탕과 광란의 밤을 보내던 어느 날 아침이었습니다. 어질러진 파티의 잔해들 사이에 홀로 남아 있던 이 불행한 사내는 희미한 불빛 아래 자기 머리에 커다란 구멍이 나 있는 걸 알고는 소스라치게 놀랐습니다. 이제 그런 생활을 멈추어야 할 때가 온 것입니다.

그날 이후 당장 그는 새로운 삶을 시작했습니다. 먼 곳으로 떠나간 황금 뇌의 사내는 자기 손으로 직접 일을 하며 먹고살았습니다. 구두쇠처럼 의심과 겁이 많아진 그는 모든 유혹들을 멀리한 채 운명이 자신에게 부여한 재물을 잊고 더 이상 손대지 않으려고 애썼습니다……. 이렇게 고독한 생활을 하던 그에게 친구 하나가 찾아왔습니다. 그의 비밀을 모두 알고 있는 친구였습니다.

그날 밤, 불쌍한 사내는 참을 수 없는 두통에 잠에서 깨었습니다. 겨우 자리에서 일어났을 때, 그는 달빛 속에서 외투 안에 무언가를 감추고 달아나는 친구의 모습을 보았습니다. 친구가 그의 뇌를 조금 떼어 달아난 것입니다!

그리고 얼마 후 황금 뇌의 사내는 사랑에 빠지게 되었습니다. 그리고 그로 인해 모든 것이 끝나고 말았답니다……. 사내는 금발의 한 소녀를 온 마음을 바쳐 사랑하게 되었습니다. 소녀도 마찬가지로 그를 사랑했지요. 하지만 그녀는 술이 달린 장식과 하얀 거위 깃털로 만든 이불 그리고 금갈색의 예쁜 장화를 더 사랑했습니다.

예쁜 새나 귀여운 인형과도 같은 이 여인의 손에서 자신이 가진 금들이 녹아 사라져도 사내는 기쁘기만 했습니다. 여인은 수시로 변덕을 부렸지만 사내는 한 번도 그녀의 부탁을 거절하지 않았습니다. 또한 그녀가 불안해할까 봐 자기의 재물에 얽힌 슬픈 비밀은 끝까지 감추었습니다.

"우린 아주 큰 부자인 거지요?"

그녀가 물으면 불쌍한 남자는 대답했습니다.

"오! 그럼…… 아주 큰 부자지!"

자신의 뇌를 먹고사는 작은 파랑새에게 그는 애정 어린 미소를 지어 보이곤 했습니다. 가끔씩 사내는 두려운 마음에 이전의 구두쇠 생활로 다시 돌아가고 싶었습니다. 하지만 그럴 때마다 소녀는 깡충깡충 뛰며 다가와 말하곤 했습니다.

"여보! 당신은 부자잖아요! 비싼 거 하나만 사 줘요……."

그러면 사내는 값비싼 물건을 사 주어야 했습니다.

이런 생활이 이 년 동안 지속되었습니다. 그런데 어느 날 소녀는 세상을 떠나고 말았습니다. 이유도 없이, 한 마리 새처럼 말입니다……. 사내의 보물도 바닥이 드러나고 있던 때였습니다. 홀로된 사내는 남아 있는 모든 것을 털어 사랑하는 아내를 위해 근사한 장례식을 치러 주었습니다. 울려 퍼지는 종소리, 검은 휘장을 드리운 큰 마차, 깃털 장식을 한 말들, 벨벳 천에 장식된 은붙이들…… 하지만 그에게 이 모든 것은 별로 아름다워 보이지 않았습니다. 금 따위가 무슨 의미가 있겠습니까? ……그는 교회에, 관을 메는 사람들에게, 화환을 파는 여인들에게 금을 나누어 주었습니다. 그리고 나머지 금도 아무에게나 줘 버렸습니다.

묘지를 나설 때 그의 멋진 뇌는 거의 남아 있지 않았습니다. 두개골에 황금 조각 몇 개가 드문드문 붙어 있었을 뿐이었답니다.

사람들은 손을 앞으로 뻗은 채 술 취한 사람처럼 비틀거리며 걸어가는 그를 볼 수 있었습니다. 저녁이 되자 상점들이 불을 밝히기 시작했고 그는 갖가지 상품들과 장신구들이 불빛을 받고 있는 큰 진열대 앞에 멈춰 섰습니다. 그리고 오랫동안 그 앞에 서서 백조 깃털 장식이 달린 파란색 사틴 장화를 바라보았습니다.

"이 구두를 신고 좋아할 만한 사람을 알고 있지."

그가 미소를 지으며 중얼거렸습니다. 그는 자기 아내가 죽었다는 사실도 잊은 채 장화를 사기 위해 안으로 들어갔습니다.

가게 안쪽에 있던 주인은 갑작스레 들리는 길고 커다란 고함 소리를 들었습니다. 하지만 앞으로 달려 나온 그녀는 눈앞의 사내를 보고는 두려워하며 뒷걸음질 쳐야 했습니다. 계산대에 기댄 사내가 고통의 눈빛으로 자신을 바라보고 있었던 겁니다. 사내의 한 손에는 백조 깃털 장식의 파란 장화가 들려 있었고, 다른 한쪽 손은 피투성이였습니다. 그리고 손톱 밑에는 금 부스러기가 묻어 있었습니다.

이상이 황금 뇌를 가진 남자의 이야기입니다, 부인.

꾸며 낸 이야기 같지만 처음부터 끝까지 모두 사실이랍니다. 이 세상에는 자기 뇌를 소모하며 살도록 선고받은 사람들이 있습니다. 이들은 살기 위한 최소한의 것을 얻기 위해 골수까지 바쳐야 하지요. 그들에게 매일매일은 고통의 연속일 뿐입니다. 그리고 마침내 더 견딜 수 없는 시간이 오게 되면 그들은…….

시인 미스트랄

　지난 일요일 잠에서 깼을 때는 마치 파리의 포부르 몽마르트르 가에서 눈을 뜬 것 같았습니다. 밖에는 비가 내리고 있었고 하늘은 온통 회색빛으로 물들어 풍차 방앗간에는 우울한 분위기가 감돌았습니다. 비 오는 날의 추운 하루를 집에서 보내기가 싫어서 나는 갑자기 프레데릭 미스트랄*을 찾아가고 싶어졌습니다. 그의 곁에서 조금이라도 몸을 녹이고 싶은 생각이 간절했던 겁니다. 미스트랄은 내가 사는 소나무 숲에서 십 킬로미터 떨어진 마얀이라는 마을에서 살고 있는 위대한 시인입니다.

---

* 프랑스 프로방스 마얀 출신의 시인 프레데릭 미스트랄(Frederic Mistral, 1830~1914)은 프로방스의 언어와 문화를 보존하기 위해 힘썼으며 중세 음유시인인 트루바두르들의 문학 전통을 이어받아 오크어로 많은 작품을 썼다. 〈미레유〉〈칼랑도〉〈황금의 섬〉〈올리브 수확〉 등 많은 작품을 남겼으며 1904년 노벨문학상을 받았다.

생각이 떠오르자마자 나는 곧 집을 나섰습니다. 도금양 나무로 만든 지팡이와 몽테뉴 한 권 그리고 담요 한 장을 들고서 말입니다! 들판에는 인적이라고는 찾아볼 수 없었습니다……. 가톨릭을 믿는 우리 아름다운 프로방스에서는 일요일이면 저렇게 땅들마저 휴식하도록 내버려 둔답니다……. 농장 문들은 굳게 닫혔고 집에는 개들만 남아 있었습니다. 저 멀리, 젖은 덮개를 씌운 짐마차와 갈색 외투에 두건을 쓴 노파 그리고 화려한 차림의 노새들이 보였습니다. 청색과 백색의 에스파르트*안장 덮개를 하고 붉은 방울 술과 은색 방울을 단 노새들이 미사를 보러 가는 농장 사람들을 태운 이륜마차를 끌고 발길을 재촉하고 있었습니다. 저 아래쪽 안개 덮인 운하 위에는 고깃배와 그 위에서 그물을 던지는 어부의 모습도 보였습니다…….

이런 날씨에는 길 위에서 책을 읽는 것도 불가능했습니다. 북풍과 함께 억수같이 쏟아지는 비가 마치 양동이로 쏟아붓듯이 얼굴 위로 들이쳤습니다……. 나는 숨을 헐떡거리며 길을 따라 갔습니다. 이렇게 세 시간을 걷자 비로소 작은 사이프러스 숲이 눈앞에 보였습니다. 마얀 마을은 바람을 피해 숲속 한가운데에 자리 잡고 있었습니다.

마을에 이르렀지만 거리에는 고양이 한 마리조차 보이지 않았습니다. 모두들 대미사에 간 모양이었습니다. 성당 앞을 지나갈

---

* 식물 조직으로 짠 직물, 특히 스페인산 금작화로 짠 직물을 말한다..

때 오르간 소리가 울려 퍼졌고 스테인드글라스 사이로 양초들의 불빛이 반짝였습니다.

시인의 집은 마을 끝자락에 있었습니다. 생트 레미로 향하는 길 왼쪽의 마지막 집이었는데, 앞마당이 있는 작은 단층 건물이 었습니다. 나는 조용히 안으로 들어갔습니다……. 아무도 없고 거실 문은 굳게 닫혀 있었습니다. 그런데 뒤쪽에서 누군가 걸어 오며 큰 목소리로 이야기하는 소리가 들렸는데…… 걸음걸이와 목소리가 익숙했습니다. 나는 흰 석회칠을 한 작은 복도에서 문 손잡이를 잡고는 한참을 설레는 마음으로 기다렸습니다. 심장이 뛰었습니다. 그리고 그가 저기 나타났습니다.

그는 시를 쓰고 있습니다……. 그가 시를 다 쓸 때까지 기다려 야 할까요? ……아니! 그냥 들어가 보기로 하지요.

아! 파리 시민 여러분, 마얀의 시인이 파리에서 자신의 〈미레유〉 를 발표할 때를 기억하십니까? 딱딱한 깃이 달린 셔츠에 그의 명 성만큼이나 거북한 커다란 모자를 쓰고 도회 차림으로 살롱에 나타났었지요. 여러분은 그게 시인 미스트랄의 모습이라고 생각 했을 겁니다…….

하지만 그건 그의 진짜 모습이 아니었습니다. 세상에 미스트랄 은 딱 한 명뿐이니까요. 지난 일요일 내가 그가 사는 마을을 깜짝 방문했던…… 펠트 모자를 눌러쓰고, 조끼 없는 재킷에, 빨간색

카탈루냐식 양털 허리띠를 두른…… 그 모습이 바로 미스트랄입니다. 반짝이는 눈빛과 시적 영감에 불타는 듯 멋지고 온화한 미소의 두 뺨. 그리스 동상처럼 우아한 자태로 주머니에 손을 넣고 성큼성큼 걸으며 시를 읊던…….

"오 자네군! 어쩐 일인가?"

미스트랄이 나의 목을 껴안으며 외쳤습니다.

"날 찾아와 줄 생각을 다 하다니! 정말 잘했네. 마침 오늘이 마얀 마을의 축제날이야. 아비뇽 음악에, 황소 떼와 신도들의 행렬, 파랑돌 춤도 볼 수 있지. 아주 재미있을 거야……. 곧 어머니가 미사를 마치고 돌아오실 테니, 같이 식사를 한 후에 아름다운 여인들이 춤추는 모습을 구경하러 가자고."

그가 말하는 동안 나는 밝은색 양탄자가 깔린 작은 응접실을 감탄스러운 눈으로 둘러보고 있었습니다. 이곳에서 즐거운 시간을 보낸 것도 벌써 아주 오래전 일이었습니다. 하지만 변한 것은 하나도 없었습니다. 노란색 바둑판무늬 소파, 두 개의 밀짚으로 만든 안락의자, 팔이 없는 비너스상과 벽난로 위에 놓인 아를의 비너스상, 에베르*가 그린 미스트랄 시인의 초상화, 에티엔 카르자**가 찍어 준 사진, 그리고 구석 창문가에 세금 수납원이 쓰는

---

* 프랑스 고전주의 화가 앙투안 오귀스트 에르네 에베르(Antoine Auguste Ernest Hébert, 1817~1908)를 말한다. 고풍스럽고 낭만적인 그림으로 당시 프랑스 상류층에서 인기를 누렸다.
** 프랑스의 사진가 에티엔 카르자(Etienne Carjat, 1828~1906)를 말한다. 보들레르, 랭보, 위고, 뒤마 등 당대 프랑스 문인들의 사진들을 찍었다.

것과 같은 작고 초라한 책상. 그 위에 고서들과 사전들이 쌓여 있는 것까지! 모든 것이 그대로였습니다. 그 책상 한가운데 커다란 노트 한 권이 펼쳐져 있었습니다……. 프레데릭 미스트랄 시인의 신작 〈칼랑달〉이었는데, 연말 성탄절에 맞춰 선보일 예정이었습니다. 미스트랄이 칠 년 동안 매달린 작품으로 마지막 시구를 만드는 데 무려 반년이나 걸렸다고 합니다. 그런데도 시인은 아직 작품을 손에서 놓지 못하고 있었습니다. 아시겠지만, 시인들은 시구 하나를 다듬고 더 좋은 운율을 찾기 위해 온 힘을 다 쏟아붓는답니다…….

프로방스 지방어로 시를 쓰는 미스트랄은 마치 모두가 프로방스어를 읽을 수 있다는 듯 너무나 정성껏 열심히 시를 짓고 있었습니다……. 오, 얼마나 멋진 시인인지요! 몽테뉴가 그 시를 보았다면 아마 이렇게 말했을 겁니다.

"사람들이 거의 찾지 않는 예술에 뭐 그렇게 많은 공을 들이냐고 물을 때, '찾지 않아도 상관없습니다. 단 한 사람이라도 좋습니다. 그 한 사람마저 없어도 괜찮습니다.'라고 대답하는 사람을 기억하라."

나는 〈칼랑달〉이 적힌 노트를 손에 들고 감동 속에서 페이지를 넘겼습니다……. 그런데 갑자기 거리에서 나는 피리 소리와 북소리가 창문 너머로 들려왔습니다. 그러자 미스트랄이 찬장으로 달려가더니 잔과 술병을 내오고 테이블을 응접실 한가운데로 옮겨 놓는 것이었습니다. 그리고 거리의 음악가들에게 문을 열어 주며 내게 말했습니다.

"비웃지 말게나. 저들은 내게 오바드*를 들려주러 온 거야. 내가 시의원이거든."

좁은 방은 곧 사람들로 꽉 찼습니다. 의자에 북을 올려놓고 구석에 낡은 깃발을 내려놓은 그들에게 뱅퀴**한 잔씩이 돌아갔습니다. 사람들은 진지하게 축제에 대해 의논했습니다. 파랑돌 춤이 지난해만큼 멋질 건지, 황소들이 말을 잘 들을 건지 등을 이야기하고 난 뒤 음악가들은 프레데릭 미스트랄의 건강을 축원하며 술 몇 병을 비우고 자리에서 일어섰습니다. 그리고 그들은 다른 시의원 집으로 오바드를 들려주러 갔습니다. 바로 그때 미스트랄의 어머니가 오셨습니다. 순식간에 식사가 차려지고 하얗고 예쁜 식탁보와 함께 두 명분의 식기가 식탁에 놓였습니다. 나는 이미 이 집의 관습에 익숙해져 있었습니다. 미스트랄의 손님이 왔을 때 어머니는 절대 식탁에 동석하지 않으셨습니다. 프로방스어밖에 모르는 가련한 노부인으로선 다른 지방에서 온 프랑스 사람과 이야기하는 게 불편하셨던 겁니다……. 게다가 부엌

---

* 아침에 남의 집에서 들려주는 음악을 말한다.
** 프랑스 프로방스 지방의 독특한 와인으로 발효하기 전 포도즙을 냄비에 데워서 농축하여 만든다. 주로 크리스마스용 와인으로 쓰인다.

은 늘 노부인을 필요로 하니까요.

　오! 그날의 아침 식사는 정말 근사했습니다. 구운 염소 고기 한 조각에 산골에서 온 치즈와 포도잼, 무화과, 사향포도주 등이 식탁에 올랐습니다. 술잔에 따르면 아름다운 장밋빛이 나는, 맛 좋은 샤토뇌프 데 파프도 곁들여졌습니다.

　디저트를 먹는 시간에 나는 시인의 노트를 가져와 그의 식탁 위에 올려놓았습니다.

　"함께 밖으로 나가자고 했잖나."

　시인이 미소 지으며 말했습니다.

　"아니! 아니! 카랑달부터! 카랑달부터!"

　미스트랄은 포기했다는 듯, 운율에 따라 손으로 박자를 맞추며 리듬감 있고 부드러운 목소리로 첫 연을 읊기 시작했습니다.

　사랑에 미친 소녀의

　그 슬픈 사연을 전해 주려 하네.

　신이 허락하신다면, 카시스의 아이에 대해 노래하려 하네.

　가엾은 멸치잡이 소년……

　밖에서는 저녁 미사를 알리는 종소리가 들리며 광장에서 폭죽이 터졌습니다. 피리 부는 사람들이 북 치는 사람들과 함께 거리를 지나갔습니다. 사람들이 몰고 가는 카마르그의 황소들이 울음소리를 냈습니다.

하지만 나는 식탁 위에 팔을 괴고 눈물을 머금은 채 불쌍한 프로방스의 어부 소년 이야기를 듣고 있었습니다.

칼랑달은 어부였습니다. 그런데 사랑이 그를 영웅으로 만들었습니다. 무척이나 아름다운 연인, 사랑하는 에스테렐의 마음을 얻기 위해 그는 헤라클레스의 열두 가지 임무는 비교도 안 될 정도로 놀라운 일을 벌이게 됩니다.

한번은 부자가 되기로 마음먹은 그가 어마어마하게 큰 어구를 만들어서 바다의 모든 물고기들을 항구로 끌고 왔습니다. 또 한번은 부하들과 첩들 사이에 숨은 올리울 협곡의 저 무시무시한 산적 세베랑 백작을 쫓아 그가 숨어 있는 소굴에 다다르기도 했습니다…… 어린 칼랑달은 정말 대단했습니다! 그는 생트봄에서 한바탕 결투를 벌이러 온 두 패거리들과 마주친 적도 있었습니다. 솔로몬 신전의 골격을 지은 프로방스의 목수 자크의 무덤으로 한판 대결을 펼치러 온 이들 장인들 사이로 뛰어들어 말로 그들을 진정시키기도 했습니다…….

그의 초인적 모험은 여기서 그치지 않았습니다! ……뤼르의 암벽 꼭대기에 삼나무 숲이 있었는데, 나무꾼들조차도 감히 접근하기 힘든 그곳에서 그는 한 달 동안이나 혼자 머물렀습니다. 그리고 사람들은 그가 나무의 몸통에 도끼를 박는 소리를 날마다 들어야 했지요. 마치 숲 전체가 비명을 지르는 듯한 소리와 함께 마침내 커다란 고목들이 차례로 쓰러져 절벽 밑으로 굴러떨어졌습니다. 칼랑달이 다시 내려왔을 때에는 산속에 삼나무가 하나도 남아 있지 않았습니다…….

그 많은 모험의 보상인 듯 멸치잡이 어부는 마침내 에스테렐의 사랑을 얻어냈고, 카시스 주민들에 의해 집정관으로 임명되었답니다. 칼랑달의 이야기는 여기까지입니다……. 하지만 칼랑달이 뭐가 그리 중요할까요? 이 시에서 제일 중요한 건 바로 프로방스였답니다. 바다와 산이 있는 프로방스! 역사와 풍습, 전해 오는 전설, 경치 그리고 죽기 전 자신들의 위대한 시인을 발견한…… 순박하고 자유로운 사람들의 마을 프로방스! 그런데 이런 곳에 철도를 깔고, 전신주를 세우고 학교에서 프로방스어를 몰아내려고 하는 겁니다! 하지만 프로방스는 〈미레유〉와 〈칼랑달〉과 함께 영원히 살아 있을 겁니다.

"이제 시는 그만! 축제를 구경하러 가야 할 시간이야."

미스트랄이 노트를 덮으며 말했습니다.

우리는 집을 나섰습니다. 마을 사람들이 모두 거리로 나와 있었습니다. 북풍이 이미 크게 불어와 하늘을 한번 쓸고 갔습니다. 비에 젖은 빨간색 지붕들 위에는 상쾌한 하늘이 빛나고 있었습니다. 우리가 도착했을 때 마침 신자들의 행렬이 돌아오고 있었습니다. 행렬은 한 시간이나 계속되었습니다. 두건을 쓴 고행자들과 흰색과 파란색 그리고 회색 옷을 입은 고행자들, 베일을 쓴 소녀 평신도들과 금빛 꽃무늬의 분홍색 깃발들, 네 명이 짊어진 커다란 나무 성인상들, 손에 커다란 꽃다발을 들고 색이 칠해진 도자기 성녀상에 이어 사제복, 성합, 초록색 벨벳으로 만든 닫집, 하얀색 비단으로 테를 두른 십자가 등이 줄줄이 이어졌습니다. 이 모든 것이 횃불과 햇빛 아래서 시편과 기도문, 종소리가 울려 퍼지는 가운데 바람 속에 물결쳤습니다.

행렬이 끝나자 성인상들은 각자 성당 안에 다시 안치되었고 우리는 황소 떼를 보러 갔습니다. 경기장에서는 격투기, 삼단뛰기, 고양이 몰기, 멀리뛰기 등 프로방스 축제에서만 볼 수 있는 재미있는 구경거리들이 벌어졌습니다…….

우리가 마얀으로 돌아왔을 때는 이미 해가 떨어져 있었습니다. 저녁이면 미스트랄이 친구 지도르와 함께 들르는 카페가 있는데, 그곳 광장에는 모닥불이 지펴져 있었습니다. 파랑돌 춤이 시작된 것이었지요. 종이로 만든 램프가 곳곳을 밝혀 주었습니다. 젊은이들이 광장을 가득 메웠고 모닥불 주위로 원을 그리며 북소리에 맞추어 시끌벅적 춤판이 벌어졌습니다. 춤은 아마 밤새 이어질 것입니다.

저녁 식사를 마친 뒤, 거리를 다시 쏘다니기에 너무 지쳐 버린 우리는 미스트랄의 방으로 올라갔습니다. 침대 두 개만 있는 소박한 농부의 방이었습니다. 벽지를 바르지 않은 천장에는 들보가 그대로 드러나 있었습니다…… 사 년 전, 이 〈미레유〉 저자에게 아카데미에서 삼천 프랑의 상금을 주었을 때, 미스트랄의 어머니는 이미 그 돈을 어디에 쓸지 생각해 두었고 그녀는 자신의 생각을 아들에게 말했습니다.

"네 방 벽과 천장에 도배를 하면 어떻겠니?"

아들에게 어머니가 말했을 때 미스트랄은 대답했습니다.

"아니! 아니요! 그건 시인들의 돈이에요. 그 돈에 손대면 안 돼요."

그래서 그의 방은 그대로 남았습니다. 이렇게 시인의 돈은 그대로 남게 되었고 미스트랄은 집을 방문하는 사람들을 위해 자기 지갑을 열어 주었습니다.

〈칼랑달〉 노트를 그의 방으로 들고 들어가 잠들기 전 한 번 더 시를 읽어 달라고 졸랐습니다. 미스트랄은 도자기 이야기를 골랐습니다. 여기에 그 이야기를 간단히 소개합니다.

어디였는지는 잘 모르지만 성대한 식사 자리에서였습니다. 사람들이 무스티에 도자기 식기로 근사한 식탁을 준비했습니다. 유약을 바른 도자기 접시마다 파란색 그림이 그려져 있었습니다. 모두 프로방스를 주제로 한 것들이었지요. 그 안에 프로방스의 역사가 모두 담겨 있었습니다. 이 아름다운 도자기들에 얼마나 큰 애정이 깃들어 있었는지! 접시 하나하나마다 테오크리토스의 그림처럼 소박하고도 격조 있는 시 한 구절 한 구절이 새겨져 있었습니다.

미스트랄은 아름다운 프로방스어로 된 자기 시를 읽어 주었습니다. 대부분은 라틴어였고, 옛날 여왕들이나 썼거나 지금은 목동들이나 알아들을 수 있는 그런 말들이었습니다. 하지만 그가 시를 읽어 주는 동안 나는 마음속 깊이 그를 존경하게 되었습니다. 그렇게 나는 자신의 모국어를 발견해 낸 폐허의 왕국을 상상하며 알피유 산에 있던 보 왕국의 오랜 궁전을 떠올렸습니다. 지붕은 날아가 버리고, 난간과 계단과 창문 유리는 사라지고, 부서진 아치형 대문에는 클로버 장식만 남은 채 가문을 알리는 문장에는 이끼가 끼어 있는…… 번영했던 뜰에서는 암탉들이 먹이를 쪼아 먹고, 얇은 회랑 기둥 밑엔 돼지들이 누워 있고, 빗물로 가득 찬 커다란 성수반에서는 날아든 비둘기들이 목을 축이고 있습니다…… 두세 가구의 농부들이 낡고 허물어진 궁전 벽에 오두막을 짓고 사는 그런 궁전입니다.

그리고 어느 날, 이 커다란 폐허에 마음을 빼앗긴 농부의 아들 하나가 이렇게 더럽혀진 궁전에 분노를 느낍니다. 그는 서둘러 이곳 영광의 뜰에서 짐승들을 몰아냈고, 요정들은 달려와 그를 도왔습니다. 농부의 아들은 혼자 멋진 계단을 복원하며 벽의 모서리를 다듬었고, 창문에는 다시 유리창을 끼워 넣고, 탑을 다시 세웠습니다. 그리고 옥좌가 있는 방에는 금박 장식을 다시 입혀 교황과 왕후들이 살았던 거대한 옛 궁전을 되살렸습니다.

이렇게 재건된 궁전, 그것이 바로 프로방스 언어입니다.

그리고 그 농부의 아들이 바로 미스트랄이랍니다.

오렌지
- 판타지

파리에서 오렌지는 나무 밑에 떨어져 뒹구는 슬픈 과일입니다. 비가 많이 내리고 차가운 한겨울이 되면 윤기 나는 껍질과 진한 향기의 이 과일은 평화로운 맛의 고장에서 올라와 보헤미안 풍의 이국적인 모습을 당신 앞에 드러내지요. 짙은 안개가 낀 저녁, 작은 손수레에 쌓인 오렌지는 붉은색 종이 램프의 희미한 불빛을 받으며 길가에 애처롭게 늘어섭니다. 그리고 시끄러운 마차 바퀴 소리에 묻힌 춥고 단조로운 외침소리가 들려옵니다.

"발렌시아산 오렌지가 두 푼이오!"

대부분의 파리 사람들에게 오렌지는 먼 고장에서 따와 잼이나 단 음식을 만드는 데나 사용되는, 초록색의 기다란 꼭지에 달린 둥그런 모양의 그저 그런 과일로 여겨질 뿐입니다. 과일을 싼 얇은 포장지와 축제 때면 늘 보이는 과일이라 더 그런 생각이 드는지도 모릅니다. 특히 정월 무렵이면 길 곳곳에 오렌지들이 널리고 진흙탕에 오렌지 껍질들이 굴러다닙니다. 이 때문에 우리는 어마어마하게 큰 크리스마스트리가 흔들리는 바람에 이 장난감 과일들이 파리 거리에 뿌려진 게 아닌지 의심하게 됩니다. 오렌지가 눈에 띄지 않는 곳이 없을 정도니까요. 엄선된 오렌지들은 잘 포장되어 깨끗한 유리 진열대에 오릅니다. 교도소나 병원 입구에서 포장된 과자나 사과들과 함께 팔리기도 하고, 무도회장이나 일요일의 공연장 입구에서도 모습을 볼 수 있습니다. 이렇게 오렌지의 짙은 향기는 가스 냄새와 서툰 바이올린 소리, 관람석의 먼지와 뒤섞이며 거리로 퍼져 나갑니다. 우리는 오렌지가 오렌지나무에서 난다는 사실을 자주 잊어버리곤 합니다. 왜냐하면 오렌지 열매는 상자에 담겨 남쪽 지방에서 바로 올라오지만, 가지치기를 하고 모습이 변형된 나무들은 온실에서 겨울을 나다가 아주 잠깐만 야외 공원에 모습을 드러내곤 하기 때문입니다.

오렌지를 제대로 알려면 이 과일의 고장인 발레아스 군도나 코르시카 섬, 알제리 같은, 파란 하늘에 황금빛 태양이 내리쬐는 따스한 지중해 지방에 직접 가 보아야 합니다. 블리다 항구에서 보았던 작은 오렌지나무 숲이 기억나는군요. 그곳의 오렌지들은 얼마나 아름다웠던지! 윤기 나는 짙은 잎사귀들 사이에서 열매들이 색유리처럼 반짝이고 화려한 꽃들에 둘러싸인 오렌지의 후광이 주위를 금빛으로 물들이고 있었습니다. 여기저기 나뭇가지들 사이로 소도시의 성벽들과 회교 사원의 첨탑과 둥근 지붕들을 볼 수 있었습니다. 그 너머에는 거대한 아틀라스 산맥이 서 있었는데, 산 아래쪽은 초록빛이었고 산꼭대기는 복슬복슬한 흰 털옷을 걸친 듯 눈이 쌓여 있었습니다.

내가 그곳에 머물던 어느 날 밤, 삼십 년 만의 이상 기온으로 찬 안개에 덮인 겨울의 대기층이 잠든 마을을 덮쳤습니다. 그리고 블리다는 하얀 밀가루에 덮인 모습으로 잠에서 깨어났습니다. 가볍고 투명한 알제리의 대기 속에 내리는 눈은 마치 진주 가루 같았습니다. 흰 공작새의 깃털을 보는 듯했지요. 그 무엇보다도 아름다운 건 오렌지 숲이었습니다. 순백의 눈을 이고 있는 단단한 오렌지 이파리들은 마치 옻칠한 쟁반 위에 놓인 셔벗 같았고, 눈가루를 뒤집어쓴 열매들이 투명한 흰색 천에 쌓인 황금처럼 신비한 빛을 내며 은밀한 장엄함을 뿜내고 있었습니다. 그 모습은 마치 성당의 축제 때 붉은 제의에 흰 레이스를 겹쳐 입은 성직자들의 의상이나 금박 입힌 제단을 덮은 레이스와도 같았습니다.

하지만 오렌지에 대한 나의 가장 소중한 기억은 한참 무더운 시간 내가 낮잠을 청하러 가던 아자시오 근처의 바르비카글리아라는 큰 공원에 있습니다. 블리다의 오렌지나무들보다 키가 크고 더 띄엄띄엄 심어진 이곳 오렌지나무들은 길가에까지 내려와 있어 밝은색 울타리와 도랑 하나만으로 공원과 경계를 짓고 있었습니다. 그리고 그 뒤쪽으로는 거대하고 푸른 바다가 펼쳐져 있었지요. 나는 그곳에서 얼마나 행복한 시간을 보냈는지 모릅니다! 내 머리 위로 오렌지나무의 꽃과 열매들이 진한 향기를 뿜어내고 있었습니다. 가끔씩 무르익은 오렌지 열매가 더위 앞에 무거운 몸을 견딜 수 없었는지 둔탁한 소리를 내며 내 바로 옆 바닥으로 떨어져 내리곤 했습니다. 손만 뻗으면 그것을 차지할 수 있었습니다. 속이 빨갛게 익은 오렌지는 정말 최고였지요. 그 맛이 얼마나 좋던지! 저 멀리 수평선은 또 얼마나 아름답던지! 나뭇잎들 사이로 보이는 푸른 바다는 짙은 안개가 낀 대기 속에서 깨진 유리처럼 반짝이고 있었습니다. 이와 함께 대기를 흔드는 바다의 일렁임과 보이지 않는 배를 탄 듯 조용히 몸을 흔들어 주는 리듬감, 따뜻한 공기, 오렌지의 향기……. 아! 바르비카글리아 공원은 잠을 청하기에 정말 마땅한 장소였습니다!

하지만 한참 낮잠을 즐기다가도 가끔씩 북소리에 놀라 잠을 깨곤 했습니다. 아래쪽 길가로 북 치는 연습을 하러 나온 소년들이었습니다. 울타리의 구멍 사이로 북의 금속판과 빨간 바지 위에 커다란 흰색 앞치마를 덧입은 그들을 볼 수 있었습니다. 길가에서 날려 오는 심한 먼지와 눈부신 햇살을 조금이라도 피해 보려고 그 가엾은 악동들은 정원 아래 울타리가 만들어 준 작은 그늘 속에 자리를 잡았습니다. 그렇게 열심히 두드려 댔으니! 얼마나 더웠겠습니까? 나는 졸음을 애써 쫓으며 손에 닿는 대로 이 붉은빛의 아름다운 황금 열매를 장난삼아 소년들에게 던져 주곤 했습니다. 정확히 겨냥된 오렌지는 연주를 멈추게 했습니다. 잠시 망설이던 소년은 바로 앞의 도랑에 빠진 잘 익은 오렌지를 찾아 두리번거리다가 재빨리 주워 들고는 껍질도 안 벗긴 채 한입 가득 베어 물었습니다.

바르비카글리아 공원 바로 옆에 낮은 담장을 사이에 두고 내려다보이던, 조금 이상한 느낌의 작은 뜰도 생각납니다. 고급스럽게 가꾸어진 작은 뜰이었지요. 금빛 모래를 깐 오솔길에는 짙은 초록색의 회양목들이 늘어섰고 입구에는 두 그루의 사이프러스 나무가 서 있어 마치 마르세이유의 별장에 있는 것 같은 느낌이었습니다. 사람의 그림자라곤 찾아볼 수 없었습니다. 뜰 안쪽에는 하얀 돌집이 있었고 건물 바닥에는 지하실 채광창들이 나 있었습니다. 처음에는 그냥 시골집이라고 생각했습니다. 하지만 자세히 보니, 지붕 위로 십자가가 솟아 있었고 멀리서는 내용을 알 수 없는 글자가 돌에 새겨져 있었습니다. 비로소 나는 그것이 코르시카식 가족묘라는 걸 알 수 있었습니다. 아자시오 주변에서는 정원 한가운데 세워진 망자들의 작은 예배당을 자주 볼 수 있답니다. 가족들은 일요일이 되면 이곳으로 망자들을 찾아오곤 합니다. 이런 곳이라면 북적거리는 묘지를 찾을 때보다 죽음이 덜 음산하게 느껴지겠지요. 친지들의 발걸음만이 이곳의 침묵을 흩어 놓을 테니까요.

그곳에서 사람 좋아 보이는 노인 하나가 오솔길을 따라 조심스레 오가는 모습을 자주 보았습니다. 노인은 하루 종일 나무를 다듬고, 삽질을 하고, 물을 주고, 조심스레 시든 꽃들을 따곤 했습니다. 그러다 해가 저물면 그의 가족이 잠들어 있는 작은 예배당으로 들어갑니다. 삽과 갈퀴, 커다란 물뿌리개를 제자리에 갖다 놓기 위해서였지요. 그는 이 모든 일들을 묘지기처럼 조용하고 차분하게 해 냈습니다. 스스로 의식했는지는 모르겠지만, 이 선량한 노인은 누군가를 깨우기라도 할까 봐 조심하려는 듯 늘 소리 없이 움직였고, 지하실 문도 조심스레 닫는 등 매우 경건한 모습으로 일했습니다. 그는 이렇게 새 한 마리조차 놀라게 하지 않고 주변에 아무런 슬픔도 끼치지 않은 채 행복한 침묵 속에서 작은 정원을 돌보고 있었습니다. 이 침묵 속에 바다는 더 넓고 하늘은 더 높아 보였습니다. 숨 막히는 생명력으로 요동치는 자연 한복판에서의 끝없는 낮잠이 영원한 휴식의 느낌을 가질 수 있도록 말입니다……

두 여인숙

7월의 어느 오후 나는 님에서 돌아오고 있었습니다. 무척이나 무더운 날이었습니다. 뿌연 은빛 태양이 하늘을 뒤덮고 그 작열하는 태양 아래 올리브나무와 키 작은 떡갈나무들 사이로 하얀 길이 끝없이 이어지고 있었습니다. 그늘도 없고 바람 한 점 불지 않는 날씨였습니다.

길에는 뜨거운 아지랑이가 피어오르고 귀청을 찢는 매미 소리만 숨가쁘게 들려왔습니다. 그것은 마치 거대한 빛이 진동하며 내는 소리 같았습니다. 나는 두 시간이나 사막과도 같은 길을 걸어야 했습니다. 그런데 순간 먼지가 걷히며 눈앞에 하얀색 집들이 나타났습니다. 그곳은 생뺑상이라 불리는 역참이었습니다. 붉은 지붕의 기다란 헛간들이 딸린 대여섯 채의 농가들이 보이고 앙상한 무화과나무들 사이에 빈 물통이 놓여 있는 마을이었습니다. 그 마을 끝에는 두 개의 여인숙이 길을 사이에 두고 마주 보고 서 있었습니다.

가까이 자리한 두 여인숙은 눈길을 끄는 데가 있었습니다. 신축 건물로 크게 지은 한쪽 여인숙은 생기가 넘치고 사람들로 북적댔습니다. 모든 문들은 활짝 열려 있었고 집 앞에는 마차 한 대가 서 있었습니다. 마구를 벗은 말들의 몸에서는 모락모락 김이 피어올랐고 마차에서 내린 승객들은 길가 담장 그늘 아래서 급히 물을 마셨습니다. 마당 안은 노새와 마차들로 꽉 들어차 있었습니다. 짐마차꾼들은 날이 선선해지길 기다리며 헛간 아래 누워 있었습니다. 건물 안에서는 고함과 욕설, 주먹으로 테이블 치는 소리, 유리잔 부딪히는 소리, 당구공 부딪히는 소리, 레몬주스병 따는 소리 등이 들려왔는데, 이 소란함 가운데 창문이 흔들릴 정도로 아주 유쾌한 목소리도 들려왔습니다.

아름다운 마르고통
아침이면 일어나
은색 병을 들고서
물을 뜨러 간다네……

……그에 반해 맞은편의 여인숙은 버려진 집처럼 조용했습니

다. 문 앞에는 잡초들이 우거져 있었고 덧문은 부서져 있었습니다. 대문 위로는 키 작은 호랑가시나무의 썩은 가지가 낡은 깃털 장식처럼 매달려 있었습니다. 문 앞 계단은 길가에서 주운 돌들로 괴어 놓고 있었습니다……. 이 모든 것이 비참하고 초라해 보여서 이런 곳에서 한잔 하려면 큰 자비라도 베풀어야 할 것 같았습니다.

여인숙 안으로 들어가자 황량하고 우울해 보이는 긴 방이 보였습니다. 커튼도 없는 커다란 세 개의 창문으로 눈부신 햇살이 쏟아지고 있었는데, 이것이 방 안을 더 황량하고 우울하게 만들었습니다. 삐걱거리는 테이블들 위로는 먼지 쌓인 유리잔이 굴러다녔고, 망가진 당구대는 동냥 그릇처럼 네 개의 구멍을 드러내고 있었습니다. 그리고 누런 의자와 낡은 계산대는 불쾌하고 눅눅한 더위 속에 잠들어 있었습니다. 게다가 파리 떼는 얼마나 극성을 부리던지요! 그렇게 많은 파리들을 나는 지금껏 본 적이 없었습니다. 파리들은 천장과 창문은 물론 유리잔에도 떼 지어 붙어 있었습니다……. 문을 열자 파리들이 어찌나 윙윙거리며 날개를 떨어 대는지 마치 벌집 안으로 들어선 듯했습니다.

실내 안쪽에서는 한 여자가 유리창 앞에 서서 열심히 바깥을 내다보고 있었습니다. 나는 두 번이나 여자를 불러야 했습니다.

"저기요, 아주머니!"

그러자 여자가 천천히 고개를 돌렸는데, 주름지고 갈라진 흙빛 피부에 이곳 할머니들이나 쓰는 붉은색의 긴 레이스 두건을 쓴 영락없는 촌 아낙네의 모습이었습니다. 하지만 그녀는 노파가 아니었습니다. 눈물이 그녀를 늙어 보이게 만들었던 거였지요.

"무슨 일이시지요?"

그녀가 눈물을 닦으며 물었습니다.

"잠깐 앉아서 뭘 좀 마시고 가려고요……."

그러자 그 여인은 매우 놀라는 표정으로 이해할 수 없다는 듯 꼼짝 않고 서서 나를 바라보았습니다.

"여기 여인숙이 아닌가요?"

그러자 여인이 한숨을 쉬며 대답했습니다.

"그래요…… 말씀대로 여인숙이지요……. 하지만 다른 사람들처럼 앞집으로 가지 않으시고요? 여기보다 분위기도 좋을 텐데……."

"너무 시끌벅적해서…… 전 이곳이 좋아요."

대답도 기다리지 않은 채 나는 테이블에 자리를 잡았습니다.

내 말이 진심임을 확인한 여주인은 분주히 오가기 시작했습니다. 서랍을 열고, 술병을 옮기고, 유리잔들을 닦고, 파리들을 쫓으면서……. 손님 하나를 대접하는 것이 마치 큰 행사라도 치르는 듯했습니다. 불쌍한 여주인은 가끔 일을 멈추고 자기가 이 일을 끝까지 해 낼 수 있을까 하는 불안한 표정을 짓기도 했습니다.

곧이어 여주인은 구석방으로 들어갔습니다. 열쇠꾸러미 소리,

자물쇠를 돌리는 소리, 빵 반죽 통 뒤지는 소리, 후후 불어 대는 소리, 먼지 터는 소리, 접시 닦는 소리 등이 들려왔습니다. 가끔씩 커다란 한숨과 함께 숨죽여 흐느끼는 소리도 들려왔습니다…….

이렇게 십오 분 정도의 작업 끝에 여주인은 드디어 건포도 한 접시와 오래돼서 돌처럼 단단해진 보케르 빵 한 조각 그리고 막 포도주 한 병을 내왔습니다.

"여기 있어요."

이 별난 여주인은 이렇게 말하곤 재빨리 몸을 돌려 창문 앞 자기 자리로 돌아갔습니다.

포도주를 마시며 나는 그녀에게 말을 붙여 보려 했습니다.

"손님들이 별로 찾지 않나 봐요?"

"네! 한 사람도 오지 않아요……. 마을에 여인숙이 이 집 하나뿐이었을 때는 이렇지 않았지요. 여기서 말을 갈아타기도 하고 검둥오리 철에는 사냥꾼들도 와서 식사를 했어요. 일 년 내내 마차가 끊이질 않았는데…… 코앞에 다른 여인숙이 자리 잡으면서 망하고 말았지요. 사람들은 앞집 여인숙을 찾게 됐어요. 우리 집이 음침해 보이나 봐요……. 사실 쾌적한 분위기는 아니지요. 안주인이 예쁜 것도 아니고…… 게다가 제가 열병을 앓는 바람에 두 딸들마저 죽어 버려서……. 반면 건넛집은 늘 웃음이 넘쳐요. 주인이 아를 출신의 여자인데, 레이스 장식에 세 겹의 금줄을 목에 두른 모습이 아주 아름답답니다. 게다가 마부가 그녀의 애인이라서 마차 손님을 여관까지 태워 오지요. 하녀들은 또 얼마나 상냥한지……. 그래서 단골손님들이 들끓나 봐요! 브주스, 르드상, 종키에르에서도 젊은이들이 그녀를 찾아온답니다. 마부들이 저 집에 들르려고 일부러 길을 돌아갈 정도니까요……. 저는 하루 종일 손님 한 명도 못 받아서 맥이 빠져 있는데 말이에요.”

여주인은 계속 창문 쪽으로 얼굴을 향한 채 무심한 말투로 이야기를 이어 나갔습니다. 그러면서도 그녀는 뭔가 계속 신경이 쓰이는 듯 앞집을 바라보고 있었습니다…….

그때 길 건너편에서 갑자기 왁자지껄한 소리가 들렸습니다. 합승마차가 먼지를 일으키며 떠나려 하고 있었습니다. 채찍질 소리와 마부의 나팔 소리가 들려왔고 하녀들이 문 앞으로 달려와 외치는 소리도 들렸습니다.

“안녕히 가세요! 안녕히 가세요!”

그리고 이런 소리 너머로 아까보다 더 멋지고 아름다운 목소리가 들려왔습니다.

은색 병을 들고서

물을 뜨러 간다네

거기에서는 보이겠지

세 명의 기사들이 다가오는 것이…….

소리를 들은 여주인이 몸을 떨며 내게로 돌아섰습니다.

"듣고 계세요? 제 남편 목소리에요. 정말 잘 부르지요?"

여주인이 낮은 목소리로 말했습니다.

나는 크게 놀라 그녀를 바라보았습니다.

"정말인가요? 남편이라고요? ……남편분도 저 여인숙에 간단 말입니까?"

그러자 여주인은 슬프면서도 차분한 목소리로 말했습니다.

"어쩌겠어요? 남자들이란 다 그렇지요. 남자들은 눈물 흘리는 모습을 보고 싶어 하지 않아요. 두 딸을 저세상으로 보내고 전 매일 울다시피 했지요……. 아무도 찾지 않는 넓고 허름한 이 집이 슬프기도 했고요. 그래서 불쌍한 남편 조제도 우울할 때는 앞집으로 술을 마시러 간답니다. 남편의 목소리가 너무 좋아서 아를 출신의 앞집 여주인이 남편에게 노래를 시키지요. 쉿! 노래를 다시 시작하려나 봐요."

여주인은 몸을 떨며 손을 앞으로 모은 채 그녀의 얼굴을 더욱 추하게 만드는 눈물을 쏟아내며 황홀경에 빠져 남편 조제가 아를의 여인을 위해 부르는 노래를 창문 앞에 서서 가만히 듣고 있었습니다.

첫 번째 기사가 말했지요.

'안녕, 아름다운 아가씨!'

밀리아나에서

　이번에는 여기 풍차 방앗간에서 팔백 내지 천이백 킬로미터 떨어진 알제리의 작고 예쁜 마을의 한나절로 여러분을 안내하려 합니다. 북소리와 매미 소리가 들려오는 이곳과는 사뭇 다른 분위기를 느끼실 겁니다.

　……비가 오려는지 하늘은 잔뜩 흐리고 자카르 산봉우리는 안개에 싸여 있습니다. 쓸쓸한 일요일입니다……. 나는 작은 호텔 방 안에서 아랍식 성벽 쪽으로 난 창문을 열어 놓고 담뱃불을 붙이며 기분 전환을 하기 위해 애쓰고 있습니다. 호텔에 있는 책들을 맘껏 읽어도 좋다는 허락을 받고 둘러보던 중에 나는 세세한 기록들이 들어 있는 역사서와 폴 드 코크의 소설들 사이에서 몽테뉴 전집 중 한 권을 발견했습니다. 책을 뒤적거리던 중 라보에

시의 죽음에 대해 쓴 감동적인 편지글 한 대목을 다시 읽게 되었고…… 그러다가 그만 더 깊은 상념과 우울감에 빠지게 되었습니다. 언제부턴가 한두 방울씩 빗방울이 떨어지고 있습니다. 빗방울이 창가에 떨어지며 작년에 내린 비 이후 쌓였던 먼지 위에 별무늬를 그리고 있습니다. 나는 책을 손에서 놓고 한참 동안이나 이 슬픈 별들을 바라봅니다.

마을의 시계가 두 시를 알립니다. 옛 성자의 무덤에 있는 시계인데, 내가 있는 곳에서도 무덤의 얇고 흰 벽을 볼 수 있습니다. 불쌍한 성자의 묘! 삼십 년 전만 해도 누군들 상상이라도 했겠습니까? 저 묘지가 가슴 복판에 시청에서 만들어 준 시계 숫자판을 달고 일요일 두 시마다 종을 쳐 밀리아나의 모든 성당들에 미사 시간을 알리게 될 줄을……. 딩! 동! 또 시계 소리가 울립니다. 종소리는 한참을 울려 퍼집니다……. 정말이지 이 방은 너무 우울합니다. '철학자'라고도 불리는 커다란 아침 거미가 온 방구석을 거미줄로 엮어 놓았습니다……. 밖으로 나가야 할 것 같습니다.

대광장에 이릅니다. 조금씩 내리는 비에도 아랑곳없이 제3연대의 군악대가 지휘관을 중심으로 사열해 있습니다. 연대 막사의 창문으로 여인들에게 둘러싸인 장군의 모습이 보이고 광장에서는 부시장이 치안판사의 팔을 잡고 여기저기를 산책하고 있습니다. 구석에서는 웃통을 벗어젖힌 대여섯 명의 아랍 소년들이 큰 소리로 구슬놀이를 하고 있습니다. 저 아래 쪽에서는 누더기를 걸친 유대 노인이 어제 볕을 쬐던 자리를 못 찾아 쩔쩔매고 있습니다…….

"하나, 둘, 셋!" 군악대가 탈렉시의 옛 마주르카 곡*을 연주합니다. 이 곡은 지난해 겨울 우리 집 창문 아래서 사람들이 손풍금으로 연주하던 곡입니다. 그때는 그토록 듣기 싫었던 마주르카가 오늘은 눈물이 날 정도로 가슴을 울립니다.

아! 제3연대 군악대원들은 얼마나 행복할까요? 그들은 리듬과 소리에 취해 십육분음표들에 눈을 고정시킨 채 오로지 박자에만 집중하고 있습니다. 그들의 모든 영혼이 손바닥 크기의 악보 종이에 쏠려 있는 겁니다. 악보는 두 개의 구리 집게로 악보 끝에 고정되어 흔들리고 있습니다. "하나, 둘, 셋, 시작!" 순박한 그들에게는 음악이 전부입니다. 국가를 찬양하는 음악을 연주할 때에도 그들은 나라를 생각하지 않겠지요……. 하! 하지만 음악가도 아닌 내가 이 음악을 들으면서 마음 아파하고 있습니다. 이제 다른 곳으로 가 보아야겠습니다.

이렇게 잔뜩 찌푸린 일요일 오후엔 어디로 가야 할까요? 그렇지요! 시드 오마르의 가게가 열려 있을 겁니다. 자, 시드 오마르네 가게로 들어가 보겠습니다.

---

* 폴란드의 민속 춤곡을 말한다.

자기 가게를 가지고 있지만 시드 오마르는 장사꾼이 아닙니다. 그는 혈통 있는 귀족으로, 터키 군에게 목을 졸려 살해당한 옛 알제리 태수의 아들입니다. 아버지가 죽은 뒤 시드 오마르는 사랑하는 어머니와 함께 밀리아나로 피신해 왔습니다. 이곳에서 그는 철학자 영주로서 사냥개와 매, 말과 여인들을 벗 삼아 오렌지나무들과 분수들이 있는 아름답고 시원한 성에서 몇 년을 살았습니다. 그러던 중 프랑스인들이 들어오게 된 겁니다. 처음에는 프랑스에 적대적이었던 회교도의 수장 압델 카데르*와 동맹을 맺었던 시드 오마르는 그와의 관계가 틀어지자 투항하고 말았습니다. 압델 카데르는 시드 오마르에게 복수하기 위해 그가 없는 동안 밀리아나로 들어와 궁전을 약탈했습니다. 그의 오렌지나무를 모두 베어 버렸고, 말과 여인들을 끌고 갔으며, 커다란 금고 뚜껑으로 어머니의 목을 부러뜨리기까지 했지요……. 시드 오마르는 분노에 이를 갈았습니다. 그는 즉시 프랑스 군에 입대했습니다. 회교도 수장과의 전쟁이 계속되는 동안 그는 누구보다도 뛰어나고 사나운 전사였습니다. 전쟁이 끝나자 시드 오마르는 밀리아나로 돌아왔습니다. 하지만 지금도 그의 앞에서 압델 카데르 이야기를 하면 얼굴이 창백해지고 눈에서 불길이 타오른다

---

* 알제리의 반 프랑스 저항운동 지도자. 이슬람 국가가 아닌 프랑스의 침략에 대해 지하드(성스러운 전쟁)를 선포하고 투쟁을 계속하여 오랑, 티테리, 알제리 지방의 지배권을 인정받았지만 부족 내부의 분열로 인해 프랑스 군에 항복했다.

고 합니다.

시드 오마르는 예순 살입니다. 나이도 많고 얼굴에는 천연두 자국이 있지만 그래도 여전히 그의 얼굴은 잘생겼습니다. 짙은 눈썹과 여성스러운 눈빛, 매력적인 미소가 왕자다운 분위기를 자아냅니다. 전쟁 때문에 파산한 그에게 마지막 남은 재산은 셸리프 평원에 있는 농장과 밀리아나에 있는 집 한 채뿐입니다. 그래도 이곳에서 그는 세 명의 장성한 아들들과 부유하게 살고 있습니다. 원주민 족장들은 시드 오마르를 매우 존경합니다. 분쟁이라도 생기면 시드 오마르에게 중재를 부탁하고 언제나 그의 판결을 법처럼 존중합니다. 그는 외출을 잘 하지 않지만 오후에는 집에 딸린 가게에 나와 있습니다. 가게는 길 쪽으로 문이 나 있습니다. 가게 안의 집기는 변변치 못합니다. 석회 바른 흰 벽의 가게는 동그란 나무 의자와 쿠션, 긴 담뱃대 그리고 두 개의 화로가 전부지요……. 하지만 이곳이 시드 오마르가 사람들을 만나고 판결을 내려 주는 곳이기도 합니다. 가게 안의 솔로몬이라고나 할까요.

오늘은 일요일이라서 사람들이 많이 모여 있습니다. 외투를 걸친 열두 명 정도의 족장이 가게 안에 둘러앉아 있습니다. 모두들 기다란 담뱃대를 들고 투명 세공의 잔 받침 위에 놓인 작은 커피잔을 앞에 두고 있습니다. 내가 들어서도 아무도 움직이지 않습니다. 시드 오마르는 자리에 앉은 채 특유의 매력적인 미소를 지어 보이며 자기 옆의 노란색 비단으로 된 큰 방석 위에 나를 앉으라고 손짓합니다. 그리고 손가락을 입술에 대며 한번 들어 보라는 신호를 보냅니다.

사건의 전말은 이렇습니다. 베니—주그주그의 행정관리가 밀리아나의 한 유대인과 땅덩이를 두고 티격태격 마찰을 빚었습니다. 양측은 이 문제를 시드 오마르에게 위임하고 그의 결정에 따르기로 했습니다. 곧바로 약속 날짜가 잡히고 증인들도 모이기로 했습니다. 그런데 유대인이 갑자기 생각을 바꾸고는 증인도 없이 혼자 찾아와 시드 오마르보다는 프랑스인 치안판사에게 이 문제를 맡기고 싶다고 말했습니다……. 내가 도착했을 때 사건은 여기까지 진행되고 있었습니다.

밤색 외투에 파란색 바지, 벨벳 모자를 쓴 검은 수염의 유대인 노인은 얼굴을 하늘로 향한 채 애원하는 눈빛을 보냈습니다. 그리고 시드 오마르의 신발에 입을 맞추곤 고개 숙여 무릎을 꿇은 채 두 손을 모았습니다……. 나는 아랍어를 알아들을 수 없었지만 유대인의 몸짓과 '치안판샤' '치안판샤' 하고 되풀이하는 말에 그 내용을 짐작할 수 있었습니다.

"저희가 시드 오마르님을 믿지 못하는 게 아닙니다. 시드 오마르님이야말로 현명하고도 정의로운 분이시지요……. 하지만 이번 일에는 아무래도 치안판사가 더 적격인 듯싶습니다."

이야기를 듣고 있던 사람들 모두 매우 화가 난 듯했지만 아랍인들이 늘 그렇듯 속마음을 드러내지는 않습니다. 시드 오마르는 쿠션 위에 몸을 길게 기댄 채 호박 물부리를 입에 물고 멍한 시선으로 '풍자의 신'이란 별명답게 미소를 띤 채 이야기를 듣고 있습니다. 유대인이 한참 말을 하고 있는데, 어디선가 갑자기 '카람바('제기랄'이라는 뜻의 스페인어)'라는 단어가 튀어나와 그만 말을 멈추고 맙니다. 그와 함께 아랍 행정관의 증인으로 왔던 스페인 사람 하나가 벌떡 일어나더니, 유대인 이스가리옷에게 다가가 그의 머리 위에 대고 온갖 나라 말을 섞어 가며 갖은 종류의 욕설을 한 바구니 퍼부어 댑니다. 그중에는 차마 여기서 입에 올릴 수 없는 프랑스 욕도 섞여 있었습니다…… 프랑스어를 할 줄 아는 시드 오마르의 아들이 아버지가 있는 곳에서 이런 말을 들었다는 게 부끄러운지 방에서 나가 버릴 정도였습니다. 아랍인의 이런 교육은 배울 만합니다.

그럼에도 청중들은 여전히 무표정했고 시드 오마르만이 미소를 짓고 있었습니다. 겁을 먹은 유대인이 일어나 문 쪽으로 뒷걸음질 치면서도 '치안판샤, 치안판샤'라는 말을 입에서 되뇌고 있었습니다. 유대인이 밖으로 나가자 화가 난 스페인 사람이 재빨리 그를 뒤쫓아가 길 한복판에서 유대인의 얼굴을 두 번 퍽! 퍽! 내리쳤습니다…… 이스가리옷은 양팔을 벌린 채 무릎을 꿇고 넘어졌습니다. 스페인 사람은 약간 무안했는지 다시 가게 안으로 들어왔습니다. 그가 들어가자마자 유대인이 다시 일어나더니 간절한 눈빛으로 자기를 둘러싼 사람들을 바라보았습니다. 거기에는 온갖 피부색의 사람들이 다 모여 있었습니다. 몰타 사람, 마혼 사람, 흑인들, 아랍인들……. 이들 모두가 유대인을 증오했기에 그가 괴롭힘을 당하는 걸 보며 즐거워하고 있었습니다. 이스가리옷은 잠시 망설이더니 한 아랍인의 옷자락을 붙들고 말했습니다.

"아흐메드, 너도 그 녀석을 봤지? ……그 녀석을 봤잖아. 너도 있었잖아. 그 기독교도 놈이 날 때렸다고……. 네가 증인이 돼 줘야 해! 잘 됐다……. 내 증인이 되어 줘."

아랍인은 옷자락을 빼내며 유대인을 밀어냈습니다. 자기는 아무것도 모르고, 아무것도 보지 못했으며, 중요한 순간엔 딴 데를 보고 있었다면서 말이지요……

"그럼, 카투르, 자네는 봤겠지. 그 기독교도 놈이 나를 때리는 걸 말이야……."

불쌍한 이스가리옷은 선인장 열매의 껍질을 벗기고 있는 뚱뚱한 흑인에게 소리쳤습니다.

하지만 흑인은 경멸스럽다는 듯 침을 찍 뱉고는 가 버렸습니다. 역시 아무것도 못 봤다고 하면서 말이지요. 모자 안에서 매섭게 까만 눈을 반짝이던 키 작은 몰타 사람도 보지 못했다 했고, 불그스레한 얼굴의 마혼 여자도 아무것도 못 봤다며 머리에 석

류 바구니를 이고는 낄낄대며 가 버렸습니다…….

유대인이 아무리 소리치며 애원하고 날뛰어도 소용없었습니다. 증인은 아무도 없었습니다! 모두들 못 봤다고 했으니까요……. 그때 마침 두 명의 유대인이 벽에 몸을 붙인 채 소심하게 지나가고 있었습니다. 이스가리옷은 그들을 발견했습니다.

"빨리, 빨리, 형제들이여! 빨리 그 사업가에게, 빨리 치안판사에게 가 주게나! 자네들은 봤잖아…… 그놈이 이 늙은이를 치는 걸 말이야!"

그들이 정말 보았을까요? ……나는 그랬다고 믿습니다.

……시드 오마르의 가게 안은 시끌벅적해졌습니다. 커피 잔에 커피가 채워지고 파이프에 불이 붙여지고 사람들은 큰 웃음을 터뜨렸습니다. 유대인을 때리는 것을 지켜보는 게 너무 재미있었던 것입니다! ……왁자지껄한 소리와 담배 연기 속을 뚫고 나는 조용히 문 쪽으로 다가갔습니다. 이스가리옷의 유대인들이 형제가 당한 모욕을 어떻게 생각하는지 보기 위해 이스라엘 구역을 한번 둘러보고 싶었습니다.

"오늘 저녁 식사하러 오시오, 선생."

친절한 시드 오마르가 내게 큰 소리로 말했습니다.

나는 초대를 받아들이고 감사의 말을 한 다음 밖으로 나섰습니다.

유대인 구역 사람들은 모두 흥분해 있었습니다. 사건이 벌써 여러 사람들 귀에 들어간 모양이었습니다. 아무도 가게 안에 머물러 있지 않았습니다. 수놓는 사람, 재단사, 마구 제조공 등 모든 이스라엘 사람들이 거리로 나와 있었습니다……. 벨벳 모자를 쓰고 파란색 양모 바지를 입은 남자들이 무리를 지어 시끄럽게 손짓 발짓을 해 가며 떠들어 댔습니다……. 창백하고 부은 얼굴에 위쪽에 금색 천을 댄 납작한 옷을 입고 얼굴엔 검은색 띠를 두른, 나무로 만든 성상처럼 뻣뻣해 보이는 여자들이 이리저리로 옮겨 다니며 재잘대고 있었습니다.

내가 도착하자 모여 있던 사람들 사이에 큰 동요가 일어났습니다. 사람들이 서둘러 한곳으로 몰려들었던 겁니다……. 이 사건의 주인공인 유대인이 증인들의 부축을 받으며 모자를 쓰고 두 줄로 늘어선 사람들 사이를 지나고 있었습니다. 그를 격려하는 소리가 비처럼 쏟아졌습니다.

"형제여, 복수하라. 우리를 위하여 복수하고 우리 유대 민족을 위해 복수하라. 아무것도 두려워할 것 없다. 법은 너의 편이다."

그때 송진 냄새와 낡은 가죽 냄새를 풍기며 못생긴 난쟁이가 내게 다가오더니 불쌍한 표정으로 한숨을 쉬며 말을 걸었습니다.

"보이지요. 불쌍한 우리 유대인들이 어떤 취급을 당하는지! 저런 노인을 말예요! 보세요. 사람을 죽여 놓다시피 했잖아요."

정말로 이스가리옷은 생명이 없는 산송장 같았습니다. 내 앞을 지나는 그의 눈은 초점을 잃었고 얼굴은 일그러졌으며 걸어가기

보다는 끌려가고 있는 것처럼 보였습니다……. 뭔가 큰 보상만
이 그를 치료해 줄 수 있을 것 같았습니다. 그래서 의사가 아닌
대리인에게 그를 데려가고 있는 걸까요?

알제리에는 메뚜기 떼만큼이나 많은 대리인들이 있습니다. 썩
괜찮은 직업인가 봅니다. 시험도, 보증금도, 교육도 없이 곧바로
일을 시작할 수 있습니다. 파리에서 아무나 문인이 될 수 있듯이
알제리에서는 아무나 대리인이 될 수 있습니다. 프랑스어, 스페
인어, 아랍어를 조금 할 줄 알고 주머니에 늘 법전을 지니고 다니
기만 하면 됩니다. 적성만 맞으면 누구든 할 수 있는 직업이지요.
대리인의 역할은 매우 다양합니다. 변호사, 검사, 중개인, 감정
평가인, 통역사, 장부기록자, 대행업자, 대필업자 등 그들은 식민
지 알제리의 자크 영감 같은 존재입니다. 아르파공에는 자크 영
감 한 사람밖에 없었고 알제리에는 자크 영감 같은 대리인들이
필요 이상으로 많다는 게 다를 뿐입니다. 밀리아나에만 해도 열
두 명의 대리인들이 있습니다. 이들은 사무실 비용을 내지 않으
려고 보통 광장의 카페 등에서 손님을 받고 상담을 해 줍니다. 압
생트 술과 포도주를 탄 커피를 시켜 놓고서 말입니다.
이스가리옷이 두 명의 증인과 함께 향한 곳도 바로 광장의 카
페였습니다. 하지만 그를 따라가지는 않으렵니다.
유대인 구역을 나오면서 나는 아랍 사무국 앞을 지나게 되었

습니다. 밖에서 보면 슬레이트 지붕에 덮여 있고 프랑스 국기가 펄럭이고 있어 시청 건물로 착각하게 만듭니다. 그곳의 통역관과 알고 지내는 관계로 들어가서 담배나 함께 피울까 합니다. 담배를 피워 대며 햇볕도 없는 일요일의 남은 시간을 마무리 지으려고 말입니다.

건물 앞마당에는 누더기를 걸친 아랍인들로 가득했습니다. 외투를 걸치고 벽을 따라 길게 쪼그리고 앉아 면회 차례를 기다리는 사람이 한 오십여 명은 되어 보였습니다. 대기실은 야외인데도 땀 냄새가 진동했습니다. 빨리 지나가야겠습니다……. 사무실 안으로 들어가니 아무것도 걸치지 않은 채 더러운 담요만 두르고 고함을 질러대는 두 명의 거한에게 붙들린 통역관이 보였습니다. 잘 알아들을 수는 없지만 화가 나 해 대는 손짓 발짓으로 미루어 보아 묵주를 도난당한 듯합니다. 나는 구석 자리의 거적에 앉아 이 광경을 구경했습니다. 통역관의 제복은 정말 멋졌습니다. 밀리아나의 통역관에게는 정말 잘 어울리는 제복이였지요! 제복은 마치 그만을 위해 맞춘 것 같았습니다. 검은색 단춧구멍 장식 끈에 반짝이는 금색 단추가 달려 있는 하늘색 제복입니다. 붉은빛이 감도는 얼굴의 통역관은 금발에다 곱슬머리였습니다. 유머러스하고 기발한 상상력을 갖춘 재치 있는 기병입니다. 조금은 수다스럽고 ― 그는 여러 나라 말을 할 줄 압니다! ― 약간 회의주의자지만 ― 그는 동방학회에서 르낭과도 알고 지내는 사이입니다!— 운동을 아주 좋아하며, 아랍 야영 텐트나 부시장의 부인이 주최하는 파티나 어디든 잘 어울리고, 마주르카 춤도 잘 출 뿐 아니라 쿠스쿠스도 누구보다 잘 만듭니다. 한마디로 파리지앵이지요. 그러니 여자들이 목을 매며 그를 따라다니는 것도 놀랄 일은 아닙니다. 이런 멋쟁이에게 단 한 명의 라이벌이 있었으니, 바로 아랍 사무국의 중사였습니다. 그는 얇은 천의 제복을 입고 진주 단추가 달린 각반을 차고 있었는데, 이런 모습은 모든 부대원들에게 질투와 선망의 대상이었습니다. 파견 직원으로 아랍 사무국에 온 그는 각종 잡역에서 면제되어 마음대로 거리를 활보할 수 있었습니다. 말끔하게 다듬은 곱슬머리에 흰색 장갑을 끼고, 팔에는 항상 커다란 장부를 들고 있었습니다. 이런 그를 누구는 감탄의 눈길로, 누구는 경외의 눈길로 바라보곤 했습니다. 그의 권위 때문이었지요.

도난당한 묵주 때문에 이야기가 길어지고 말았습니다. 안녕히 계십시오! 사건이 끝날 때까지 기다릴 시간이 없답니다.

밖으로 나오자 대기실이 술렁였습니다. 사람들이 키 크고 창백한 얼굴을 한 검은색 외투의 남자를 둘러싸고 있었습니다. 사내의 표정은 자부심으로 가득했습니다. 일주일 전 자카르에서 표범과 싸웠다는 그 남자였습니다. 표범은 죽었지만 남자도 팔을 물려 살점이 반쯤이나 뜯겨 나갔다고 합니다. 아침저녁 붕대를 갈기 위해 아랍 사무국에 들른다고 하는데, 그때마다 사람들이 그의 이야기를 듣기 위해 마당으로 몰려드는 것이었습니다. 그는 낮고 매력적인 목소리로 천천히 이야기를 들려주었습니다. 이따금 외투를 젖혀 피 묻은 붕대에 감겨 가슴께에 고정시킨 왼팔을 보여 주기도 하면서 말입니다.

거리로 나오자마자 세찬 비바람이 몰려왔습니다. 비, 천둥, 번개, 더운 바람…… 빨리 피해야겠습니다. 아무 곳이나 문을 열고 들어갔습니다. 그런데, 그만 집시들 무리에 끼고 말았습니다. 그들은 무어식 가옥 마당의 아치형 지붕 밑에 모여 있었습니다. 밀리아나 회교 사원에 딸린 마당이었습니다. 가난한 무슬림들이 피난처로 찾는 곳이라서 이곳을 '가난한 자들의 마당'이라고도 부릅니다. 온몸에 벌레가 득실댈 것 같은, 앙상하고 덩치 큰 사냥개 한 마리가 사나운 눈으로 내 주위를 어슬렁거립니다. 나는 회랑의 기둥에 등을 바싹 붙이고 애써 태연한 척합니다. 그리고 아무 말 없이 바닥에 깔린 색색의 타일 위로 튀어 오르는 빗방울만 바라보고 있습니다. 집시들은 몇 명씩 무리를 지어 바닥에 누워 있습니다. 내 옆에는 목덜미와 다리를 훤히 드러내고 손목과 발목에 커다란 쇠 팔찌를 찬 젊은 여자가 하나 있습니다. 꽤나 아름다운 그 여인은 세 음계로만 된 이상한 노래를 콧소리로 흥얼거리며 청동빛 붉은 피부의 벌거벗은 아기에게 젖을 먹이고 있었습니다. 그리고 나머지 한 팔로는 돌절구에 보리를 찧었습니다. 세찬 바람에 밀려온 빗물이 엄마의 다리는 물론 젖을 문 아기의 몸까지 적시는데도 집시 여인은 아랑곳하지 않았습니다. 이런 비바람 속에서도 그녀는 아이에게 젖을 주고 노래를 흥얼거리며 보리를 찧는 일을 계속했습니다.

비바람이 잦아들었습니다. 비바람이 뜸해진 틈을 이용하여 나는 서둘러 이 기적의 뜰을 빠져나와 시드 오마르의 집으로 저녁을 먹으러 갑니다. 약속 시간이 되었기 때문입니다……. 광장을 가로지르다가 다시 그 유대인 노인을 만났습니다. 그는 대리인의 부축을 받으며 가고 있었습니다. 그의 증인들이 모두 신이 나 그의 뒤를 따릅니다. 유대인 꼬마 개구쟁이들도 주위를 깡충거리며 따라옵니다. 모두 밝은 얼굴이었습니다. 대리인이 소송을 맡고 재판소에 이천 프랑의 배상금을 신청했다고 합니다.

시드 오마르 집에는 진수성찬이 차려져 있습니다. 우아한 무어식 마당과 잇닿은 식당에서는 두세 개의 분수가 물을 뿜고 있습니다. 브리스 남작*에게도 추천해 볼 만한 훌륭한 터키식 식사였습니다. 여러 가지 요리 중에서도 나는 아몬드를 곁들인 닭고기와 바닐라 향의 쿠스쿠스 그리고 조금 징그럽긴 하지만 맛은 기막히게 좋았던 거북이 고기 요리와 '재판관의 파이'라 부르는 꿀 비스킷이 가장 기억에 남습니다. 술은 샴페인만 준비되어 있었

---

* 프랑스의 미식가이자 요리 칼럼니스트. 〈식당〉이라는 잡지를 창간했으며 1868년《브리스 남작의 366 요리와 1200 레시피》라는 책을 편찬했다.

습니다. 무슬림 율법은 술을 금하고 있지만 시드 오마르는 식사를 하며 약간의 술을 곁들였습니다. 하인들이 돌아서서 보지 않을 때였지요……. 저녁 식사를 마치자 우리는 주인인 시드 오마르의 방으로 자리를 옮겨 잼과 담배 그리고 커피를 즐겼습니다. 방 안의 가구들은 매우 소박해서 소파와 돗자리 몇 개가 전부였습니다. 안쪽 구석에는 매우 크고 높은 침대가 있는데, 침대 위에는 금색으로 자수를 두른 빨간색의 작은 쿠션들이 놓여 있습니다. 벽에는 하마디라는 해군 제독의 업적을 그린 낡은 그림이 하나 걸려 있습니다. 터키에서는 화가들이 그림에 한 가지 색만 사용하는지, 이 그림도 초록색으로만 그려져 있습니다. 바다도 하늘도 배들도, 하마디 제독도 초록색으로 그렸습니다. 온통 초록색뿐이었지요!

아랍의 관습에 따르면 손님들은 일찍 자리에서 일어나야 한답니다. 커피를 마시고 담배를 태운 뒤 나는 주인에게 작별 인사를 하고 나왔습니다. 그를 여인들에게 맡기고서 말입니다.

나머지 저녁 시간은 어디서 보내야 할까요? 기병의 귀영 나팔 소리도 아직 울리지 않아 잠을 자기엔 아직 이른 시간입니다. 게다가 시드 오마르의 금빛 쿠션이 머릿속에서 환상적인 파랑돌 춤을 추며 내 잠을 방해할 겁니다. …… 어느덧 극장 앞에 이르렀습니다. 잠깐 들어가 보기로 하겠습니다.

밀리아나의 극장은 예전엔 사료 가게였지만 공연장으로 그럴싸하게 개조했습니다. 막간마다 기름을 넣어 주어야 하는 커다란 켕케식 램프*가 샹들리에를 대신하고 있었습니다. 뒤쪽은 입석이고 오케스트라 단원들도 긴 의자에 앉아야 합니다. 관객들은 짚이 들어간 의자에 앉는 것을 자랑스러워했습니다. 바닥을 깔지 않은 길고 어두운 복도가 공연장을 둘러싸고 있었는데…… 길거리에서 공연하는 것과 다를 게 없었습니다. 내가 도착했을 때는 이미 공연이 시작되고 있었습니다. 배우들, 특히 남자 배우들의 연기는 놀랄 정도로 괜찮았습니다. 패기와 생동감이 넘쳤습니다……. 남자 배우들은 대부분 아마추어들이거나 제3연대 군인들입니다. 부대에서도 이들을 자랑스러워해서 매일 저녁 찾아와 박수를 보내 줍니다.

하지만 여자 배우들은…… 아! ……지방 소극장에서 자주 볼 수 있는, 허세를 부리며 가짜 연기를 펼치는 전형적인 배우들이었습니다. 그들 중에서도 내 관심을 끈 두 명의 여배우들이 있었습니다. 막 무대에 데뷔한 듯 파릇파릇한 밀리아나의 유대인 소녀들이었습니다……. 여배우들의 부모들도 객석에 있었는데, 매우 자랑스러워하는 모습이었습니다. 딸들을 이렇게 데뷔시키면

---

* 원통 모양의 유리에 심지를 꼬아 넣어 태우는 기름 램프. 통풍성이 좋고 그을음이 없는 당시로선 획기적인 제품이었다. 스위스 출신의 아르강이란 사람이 발명하였지만 켕케가 먼저 상용화하면서 켕케식 램프라는 이름이 붙었다.

큰돈이라도 벌 수 있을 거라 확신하는 듯했습니다. 이스라엘 출신의 배우로, 백만장자가 된 라헬의 전설은 이곳 동방의 유대인들에게도 널리 알려졌을 겁니다.

무대 위의 두 유대인 소녀들은 정말이지 우스꽝스럽고 애처로웠습니다. 얼굴에 잔뜩 분칠을 한 채 속살이 훤히 드러난 옷을 입고 어쩔 줄 몰라 하며 무대 한구석에 뻣뻣이 서 있는 모습이란……! 춥고 창피한 소녀들은 이해 못할 대사들을 웅얼거리며 겁먹은 듯 커다란 눈망울로 극장 안을 두리번거리고 있었습니다.

극장을 나왔습니다. 주위엔 어둠이 깔리고 광장 한편에서 고함 소리가 들려옵니다. 아마 몰타인들이 칼을 들고 싸우는 소리겠지요…….

나는 성벽을 따라 천천히 호텔로 돌아옵니다. 들에서 오렌지나무와 측백나무의 은은한 향기가 풍겨 옵니다. 공기는 따스하고 하늘은 맑습니다……. 저 아래 길 끝에는 흔적만 남은 오래된 사원의 벽이 유령처럼 서 있습니다. 신성한 이 벽엔 매일 아랍의 여인들이 와서 천 조각이나 은실로 묶은 기다랗고 붉은 머리카락 한 줌, 또는 망토 조각 같은 봉헌물들을 걸어 놓습니다……. 따뜻한 밤바람이 불 때면 이들도 은은한 달빛을 받으며 펄럭이겠지요.

메뚜기 떼

알제리에 대한 추억 하나만 더 이야기하고 다시 풍차 방앗간으로 돌아오려 합니다.

사헬 지방의 농가에 도착한 날 밤은 제대로 잠을 이룰 수 없었습니다. 처음 와 보는 지방인 데다 아직 여행의 흥분도 가라앉지 않은 상태였고, 재칼의 울음소리까지 들려왔기 때문이었습니다. 게다가 숨 막히게 찌는 더위에 모기장 구멍으로는 바람 한 점 새어 들어오지 않았습니다. 새벽에 창문을 여니 가장자리를 검붉게 물들인 짙은 여름 안개가 마치 전쟁터의 화약 연기처럼 천천히 공기 속을 떠돌고 있었습니다. 나뭇잎조차 흔들리지 않았습니다. 눈 아래 멋진 정원에는 경사면에 간격을 맞춰 심은 포도나무가 달콤한 포도주를 만들어 줄 뜨거운 태양을 받아들이고 있었습니다. 구석 쪽 응달에 촘촘히 열 지어 선 유럽산 과일나무와 오렌지나무, 귤나무들은 축 처진 채 폭풍이라도 몰아치길 기다리고 있는 듯했습니다. 가벼운 바람에도 쉽게 여린 나뭇잎을 흔들어 대던 연초록의 커다란 바나나나무 줄기들도 무성한 잎들과 함께 미동도 없이 꼿꼿이 서 있었습니다.

나는 동작을 멈추고 세상의 온갖 나무들이 모여 계절에 따라 자기 꽃을 피우고 열매를 맺는 이 멋진 정원을 잠시 동안 바라보았습니다. 밀밭과 코르크나무 숲 사이에 반짝이는 시냇물만이 숨 막힐 것 같은 아침 풍경을 식혀 주고 있었습니다.

무어식 회랑을 지닌 아름다운 농가와 새벽이면 더 새하얗게 보이는 테라스, 옹기종기 서 있는 마구간과 헛간……. 이 모든 화려함과 질서정연함에 감탄하며 나는 용감한 이곳 농장 주인들이 이십 년 전 이곳에 정착하기 위해 사헬의 골짜기로 찾아오는 장면을 상상해 보았습니다. 당시만 해도 이곳은 키 작은 야자수나 향나무가 듬성듬성 나 있고 도로를 닦는 인부들의 허름한 막사 밖에는 보이지 않는 황무지였을 겁니다. 모든 걸 다시 만들고 다시 지어야 했겠지요. 아랍인들의 반란이 끊이지 않아 그때마다 쟁기를 던져두고 총을 잡아야 했을 겁니다. 게다가 전염병, 눈병, 열병, 흉작, 경험 부족의 실수들, 변덕 심하고 속 좁은 행정관과의 다툼 등도 끊이지 않았을 테지요. 얼마나 많은 어려움이 있었을까요? 얼마나 힘이 들었을까요? 얼마나 노심초사했을까요?

어려운 날들도 다 끝나고 어느 정도 돈도 모았지만 아직도 농장 주인 내외는 이곳에서 제일 먼저 일어난답니다. 아침이 되면 두 내외가 일꾼들 마실 커피를 준비하며 1층 식당을 바삐 오가는 소리가 들려옵니다. 이어 종이 울리고 일꾼들은 줄을 지어 길을 나서지요. 부르고뉴에서 온 포도밭 일꾼들, 붉은 모자에 남루한 차림의 카빌리아 일꾼들, 맨 다리를 드러낸 마흔의 토목공들, 몰타인들, 뤼크인들…… 온갖 인종들이 섞여 있어서 다루기도 힘듭니다. 농장 주인은 문 앞에서 한 사람 한 사람에게 그날 하루 해야 할 일을 다소 엄격한 목소리로 간단히 설명해 줍니다. 이 작업을 다 끝내고 농장 주인은 고개를 들어 걱정스러운 표정으로 하늘을 바라봅니다. 그러다 창문 앞에 서 있는 나를 발견하고 말을 건넵니다.

　"농사를 짓기엔 안 좋은 날씨네요……. 지금 열풍이 불어오고 있어요."

　해가 높아지면서 정말로 숨 막힐 듯한 뜨거운 공기가 남쪽으로부터 불어오기 시작했습니다. 마치 화덕 문을 열었다 닫았다 하는 것 같았습니다. 이럴 때는 어디에 몸을 두어야 할지 무얼 해야 할지 모르겠습니다. 이렇게 오전이 지나갔습니다. 우리는 회랑의 돗자리 위에 앉아 커피를 마셨습니다. 말하거나 움직일 힘조차 없었습니다. 개들도 지쳤는지 조금이라도 시원한 타일 바닥을 찾아다니며 배를 깔고 누웠습니다. 점심 식사를 하고 나서야 조금 기운을 차릴 수 있었습니다. 잉어와 송어, 멧돼지, 고슴도치, 스타우엘리 버터, 크레시아 포도주, 구아바, 바나나 등을 재료로 한, 우릴 둘러싼 다양한 자연만큼이나 푸짐하고 특별한 식사였습니다. 막 식탁에서 일어서려는데 화덕 같은 열기를 막기 위해 닫아 놓은 창문 너머로 갑자기 고함 소리가 들렸습니다.

"메뚜기 떼다! 메뚜기 떼!"

순간 주인의 얼굴은 파산 선고라도 받은 사람처럼 창백해졌습니다. 우리는 서둘러 밖으로 뛰어나갔습니다. 조금 전까지 그렇게 조용하던 집 안은 갑작스레 낮잠에서 깨어난 사람들의 빠른 발소리와 분명치 않은 목소리로 약 십여 분이나 시끄러웠습니다. 현관 그늘 아래서 잠자던 하인들은 막대기, 쇠스랑, 도리깨 등을 닥치는 대로 들고 뛰쳐나와 금속 식판이며 구리 냄비, 대야, 작은 냄비 등을 마구 두들겨 댔습니다. 양치기들은 나팔을 불어 댔고 바다 고둥이나 사냥용 뿔피리를 부는 사람도 있었습니다. 하지만 이런 끔찍한 불협화음의 소음보다 더 크게 들린 것은 이웃 촌락에서 달려온 아랍 여인들이 날카롭게 '휘이, 휘이, 휘이' 외치는 소리였습니다. 아마 큰 소리로 공기를 떨리게 하여 메뚜기 떼를 쫓거나 내려앉는 것을 막으려는 시도 같았습니다.

한데 이 끔찍한 곤충들이 대체 어디에 있다는 걸까요? 열기로 흔들리는 하늘에 보이는 것은 지평선 쪽에서부터 다가오는 구릿빛의 견고한 구름 한 점뿐이었습니다. 우박이라도 내릴 듯 먹구름이 몰려오며 숲속 수천 그루 나뭇가지들 사이에서 돌풍이 이는 소리가 났습니다. 그것이 바로 메뚜기 떼였습니다. 메뚜기들은 마른 날개를 활짝 펴고 서로를 지탱하며 무리 지어 날아왔습니다. 우리가 아무리 아우성을 치고 별짓을 다해도 메뚜기 떼의 검은 구름은 들판에 커다란 그림자를 만들면서 다가왔고 얼마 안 있어 우리의 머리 위를 덮었습니다. 이윽고 가장자리 쪽이 무너지는 듯하더니 이내 우박이 쏟아지듯 붉은 메뚜기들이 하나둘 떨어져 내리기 시작했습니다. 이어 메뚜기 떼들이 사방으로 흩어지며 요란한 소리와 함께 메뚜기 우박이 억수처럼 쏟아졌습니다. 광대한 평원은 순식간에 손가락 두께만한 메뚜기들로 뒤덮였습니다.

이때부터 메뚜기 살육이 시작되었습니다. 짚을 빻듯 끔찍하게 으깨지는 소리가 들렸습니다. 쇠스랑, 곡괭이, 쟁기 등을 들고 사람들은 메뚜기들이 우글대는 땅을 휘저었습니다. 하지만 아무리 죽여도 메뚜기들의 수는 늘어나기만 했습니다. 층층이 쌓인 메뚜기들이 긴 다리들을 서로 얽은 채 우글대고 있었습니다. 위쪽에 있던 메뚜기들은 힘껏 뛰어올라 '메뚜기 살육 작전'이라는 이 낯선 작업에 동원된 말들의 콧잔등에까지 올라앉았습니다. 농장과 천막촌의 개들까지 메뚜기 떼에 달려들어 사납게 물어뜯었습니다. 바로 그때 알제리 저격병으로 구성된 두 부대가 나팔수를 앞세우고 곤경에 빠진 이민자들을 돕기 위해 달려왔습니다. 그와 함께 메뚜기 살육 작전의 양상은 뒤바뀌었습니다.

군인들은 메뚜기들을 뭉개 버리는 대신 광범위하게 화약을 뿌리고 불을 질렀습니다.

메뚜기 살육에 지치고 고약한 냄새가 역겨워 나는 집으로 돌아왔습니다. 하지만 농장 안에도 바깥만큼이나 메뚜기들이 많았습니다. 열린 문과 창문, 굴뚝을 통해 들어온 겁니다. 메뚜기들은 목재나 커튼 모서리를 갉아먹으며 기어 다니다 떨어지고 날아오르기를 거듭했습니다. 특히 하얀 벽을 기어오를 때는 커다란 그림자를 만들어 더 끔찍스러웠습니다. 지독한 냄새도 사라지지 않았지요. 저녁 식사 때는 물조차 먹을 수 없었습니다. 물탱크며 대야, 우물, 어항까지 모조리 메뚜기들에 오염되고 만 겁니다. 사람들이 이미 많은 메뚜기들을 잡았음에도 저녁때 방으로 돌아와 보니 가구 밑에서는 여전히 메뚜기들이 부스럭거리고 있었습니다. 방 안의 메뚜기들이 날개를 부비는 소리는 마치 불 속에서 콩깍지가 터지는 소리 같았습니다.

그날 밤엔 도저히 잠을 이룰 수 없었습니다. 농장 주변의 사람들이라면 다 마찬가지였을 겁니다. 평원은 한쪽 끝에서 다른 쪽 끝까지 불길에 휩싸여 있었습니다. 군인들은 아직까지도 메뚜기 떼를 죽이고 있었습니다.

다음 날, 예전처럼 내 방 창문을 열었을 때 메뚜기 떼는 사라지고 없었습니다. 하지만 메뚜기 떼가 남긴 잔해는 얼마나 처참하던지! 꽃 한 송이, 풀 한 포기 남지 않고 모든 것이 검게 타 그을려 있었습니다. 메뚜기들이 갉아먹은 바나나나무, 살구나무, 배나무, 귤나무는 앙상한 가지만으로 겨우 구분할 수 있었습니다. 나무는 더 이상 아름답지 않았고 생명의 징표인 흔들리는 나뭇잎 하나 볼 수 없었습니다. 사람들은 물통과 저수통을 청소하고 있었습니다.

일꾼들은 메뚜기들이 까 놓은 알들을 묻기 위해 여기저기 땅을 팠습니다. 그들은 흙 한 덩이 한 덩이를 정성스럽게 으깨서 갈아엎었습니다.

비옥한 땅을 갈아엎고 난 뒤 하얗게 드러난 나무뿌리와 수액을 보고 있자니 마음이 아파 왔습니다.

카마르그에서

1. 출발

성안이 떠들썩했습니다. 프랑스어와 프로방스어를 섞어 쓰는 심부름꾼이 전한 사냥터지기의 말에 따르면, 오리와 도요새가 이미 두세 차례 지나갔고 적지 않은 철새들도 지나갔다고 합니다.

"우리와 함께 갑시다."

친절한 이웃들이 내게 쪽지를 전해 왔습니다. 그리고 오늘 아침 다섯 시쯤 그들은 총과 개와 음식을 싣고 언덕 밑으로 나를 데리러 왔습니다.

12월의 아침, 이렇게 우리는 조금 황량하고 무미건조해 보이는 아를행 도로를 달리게 되었습니다. 연초록의 올리브나무도 거의 볼 수 없었고 선명한 초록의 떡갈나무 잎새들은 추위 속에서 부자연스러워 보였습니다. 축사들이 부산해질 시간이었습니다. 아직 날이 밝지 않았는데도 농장 창문마다 불이 켜진 걸 보니 사람들이 깨어날 시간인가 봅니다. 몽마주르 수도원의 무너진 돌틈 사이에서 잠이 덜 깬 흰꼬리수리들이 날개를 퍼덕이고 있었습니다. 이른 시간 긴 성벽을 따라 나귀를 몰고 시장으로 향하는 노파들도 볼 수 있었습니다. 빌데보에서 오는 노파들이었습니다. 산에서 캐온 약초 몇 단을 팔기 위해 이십오 킬로미터를 달려와 생트로핌 시장에 앉아 있는 시간은 고작 한 시간 정도랍니다!

……이제 아를의 성벽에 이르렀습니다. 총안이 나 있는 낮은 성이었습니다. 창 던지는 전사들이 자신의 키보다 낮은 언덕에 서 있는 옛 판화를 보고 있는 듯한 느낌이었습니다. 계속 말을 달려 우리는 프랑스에서 가장 풍광이 아름답다는 소도시를 지났습니다. 온갖 조각들과 격자창으로 장식되어 둥글게 돌출한 발코니들을 볼 수 있는 곳이었습니다. 이곳에서는 이런 발코니들이 좁은 길을 빽빽하게 점령하고 있었습니다. 무어식의 작은 아치문이 달린 검은 옛집들은 기욤 쿠르네*와 사라센의 시대를 떠오르게 했습니다.

---

* 기욤 도랑주라고도 부르며, 13세기 초에 지어진 프랑스의 영웅시에 등장하는 영웅 전사의 이름이다. 793년 사라센인들과 전쟁을 벌였다는 기록이 있는데 이를 바탕으로 많은 서사시들이 지어져 그를 이교도의 침략을 물리치고 기독교를 수호한 영웅으로 묘사하게 되었다.

이 시간에는 아무도 밖에 나와 돌아다니지 않았습니다. 론 강가에만 활기가 넘쳤지요. 카마르그로 향하는 증기선이 엔진을 데우고 떠날 준비를 하고 있었습니다. 두터운 갈색 양털 옷을 입은 농부들과 농장으로 일을 나가는 라로케트의 여인들이 웃고 떠들며 우리와 함께 갑판에 올랐습니다. 쌀쌀한 아침 공기를 피하려고 두른 갈색 두건 밑으로 아를식의 높게 빗어 올린 머리가 보였습니다. 이 머리는 우아하고 앙증맞으면서 조금은 뚱해 보여서 한바탕 조롱하거나 심술궂은 장난이라도 치고 싶게 만듭니다. 드디어 종이 울리고 배가 출발했습니다. 론 강의 물살과 배의 스크루, 그리고 북서풍으로 배의 속도가 세 배로 빨라지면서 강의 양안이 펼쳐졌습니다. 한쪽 기슭엔 척박한 돌투성이의 라 크루 평원이 있었고, 다른 한쪽 기슭엔 낮은 풀들과 갈대로 가득한 늪지가 바다로 이어져 훨씬 푸르러 보이는 카마르그가 펼쳐져 있었습니다.

배는 가끔 강 양쪽에 있는 부교에 멈추곤 했습니다. 중세 아를 왕국 시대에는 강 왼쪽을 '제국', 오른쪽을 '왕국'이라고도 불렀다는데 아직도 론 강의 뱃사공들은 그렇게 부른다고 합니다. 배가 멈추는 부교들마다 하얀 농가와 작은 숲이 보였습니다. 일꾼들은 연장을 짊어지고 배에서 내렸고, 여인들은 팔에 바구니를 낀 채 허리를 꼿꼿이 세우고 배의 트랩을 내려갔습니다. '제국'과 '왕국'을 오가는 사이 배는 점점 한산해졌고 우리가 내린 마-드-지로

부교에 이르렀을 때에는 거의 사람이 남아 있지 않았습니다.

마-드-지로는 바르벵탄 영주들의 옛 농장이었는데 그곳에 들어가 우리를 마중 나올 사냥터지기를 기다리기로 했습니다.

농장 부엌에는 농부들과 포도밭 일꾼, 양치기 등 이곳에서 일하는 남자 일꾼들이 한꺼번에 식탁에 모여 앉아 심각한 표정으로 아무 말 없이 느릿느릿 밥을 먹고 있었고 여자들은 식사 시중을 들고 있었습니다. 시중을 드는 여자들은 남자들이 밥을 다 먹은 후에야 식사를 하게 될 것입니다. 이윽고 사냥터지기가 작은 마차를 타고 도착했습니다. 그는 페니모어*의 소설 속 인물처럼 땅이나 물 어디서든 사냥을 하고 낚시터와 사냥터의 감시인 역할도 하는 사람이었습니다. 이곳 사람들은 그를 '배회자'라고 불렀습니다. 그가 새벽안개 속이나 해가 저무는 갈대밭에 숨어 있거나 자신의 작은 배에 꼼짝 않고 연못과 수로에 쳐 놓은 통발을 감시하고 있는 모습을 어디서나 볼 수 있었기 때문입니다. 감시인이라는 평생의 직업 때문에 그가 그토록 말이 없고 집중력이 뛰어난 것인지도 모르겠습니다. 하지만 총과 바구니들을 가득 실은 작은 마차를 따라가는 동안 그는 우리에게 사냥이며 철새 무리의 숫자, 철새들이 내려앉는 장소 등에 대해 이야기해 주었

---

* 미국의 소설가 제임스 페니모어 쿠퍼(1789~1851)를 말한다. 개척시대 변방의 인디언과 백인들의 관계를 다채롭게 묘사하였다. 《개척자 The Pioneers》(1823), 《모히칸족의 최후》(1825), 《대평원 The Prairie》(1827), 《길을 여는 사람 The Pathfinder》(1840), 《사슴 사냥꾼 The Deerslayer》(1841) 등의 소설을 썼다.

습니다. 이런 이야기들을 나누며 우리는 마을 깊숙한 곳으로 들어갔습니다.

　농경지를 지나 우리는 카마르그의 야생 지대에 도착했습니다. 멀리 초지들 사이로 습지와 운하가 반짝이고 있었습니다. 타마리스크와 갈대 덤불숲은 조용한 바다 위에 떠 있는 작은 섬 같았습니다. 키 큰 나무는 눈에 띄지 않았고, 광활하게 펼쳐진 초원에 시야를 방해하는 것도 없었습니다. 저 멀리 축사들의 지붕은 땅에 납작하게 붙어 있는 것처럼 보였습니다. 흩어진 가축들은 소금기가 밴 풀을 뜯어먹거나 붉은 망토를 입고 있는 양치기 주위를 어슬렁거렸습니다. 하지만 이들도 탁 트인 하늘 아래 단조롭게 펼쳐진 푸른 지평선을 방해하지는 않았습니다. 아무리 파도가 쳐도 한결같은 바다처럼, 이 평원에서도 거대하고 고독한 기운이 뻗어 나오고 있었습니다. 게다가 아무 장애물도 없이 끊임없이 거친 입김을 토해 내는 북서풍이 더욱 평원을 광활하고 평평해 보이게 했습니다. 바람 앞에서는 모든 것들이 고개를 숙입니다. 그래서 아주 키가 작은 나무들에게도 바람의 흔적은 남게 됩니다. 바람으로부터 영원히 벗어나려고 남쪽을 향해 몸을 비틀고 쓰러지면서 말입니다.

2. 오두막

 갈대 지붕과 누렇게 마른 갈대로 만든 벽. 이것이 오두막의 모습입니다. 우리의 사냥 집결지이기도 했지요. 카마르그 전통 양식으로 지어 천장이 높고 넓은 방 하나로만 이루어져 있었습니다. 창문이 없어서 해가 있는 동안에는 유리가 달린 문으로 빛이 들어오고 저녁이면 덧문을 닫아 놓습니다. 흰 석회를 바른 커다란 벽에는 연장걸이가 일렬로 달려 있어서 소총이며 사냥 가방, 늪지에서 신는 장화 등을 걸게 되어 있습니다. 구석에는 진짜 돛대가 땅에 박혀 있고 그 주위로는 대여섯 개의 침대가 늘어서 있습니다. 이 돛대는 지붕까지 닿아 집을 받쳐 주는 역할도 하고 있습니다.

 밤에 북동풍이 불어오면 오두막은 여기저기서 삐걱대는 소리를 냅니다. 그렇게 먼 바다에서 불어오는 바람 소리를 오래 듣고 있노라면 마치 배의 선실에 누워 있는 듯한 착각에 빠지곤 합니다.

 하지만 오두막이 가장 아름다울 때는 뭐니 뭐니 해도 오후입니다. 남쪽 지방 특유의 화창한 겨울이면 나는 타마리스크 둥치들이 연기를 내며 타고 있는 굴뚝 가에서 혼자 시간을 보내곤 했습니다. 그때마다 북서풍이나 북풍이 불어와 문이 흔들리고 갈대들이 바람에 우는 소리를 내곤 했지요. 하지만 이런 소요는 내 주변에서 아우성치는 자연에 비하면 아주 작은 메아리에 지나지 않습니다. 그 거대한 흐름 속에서 겨울의 햇볕은 빛을 모았다가 다시 흩트리기를 반복합니다. 눈부시게 파란 하늘 아래로 거대한 그림자들이 지나갑니다. 빛은 간격을 두고 불규칙하게 비쳐 오고 소리들 또한 그렇습니다. 갑자기 가축들을 불러 모으는 나팔 소리가 들렸다 사라집니다. 그렇게 바람 소리에 묻혔다가 다시 덜컹대는 문소리에 맞춰 멋진 후렴구를 합창합니다.

그 무엇보다 멋진 시간은 사냥꾼들이 돌아오기 직전의 황혼 무렵입니다. 바람이 잠잠해지면 나는 잠시 밖으로 나갑니다. 붉고 커다란 태양이 내려앉으며 열기 없이 불타오르는 시간입니다. 해가 떨어지면 밤의 축축한 검은 날개가 당신 곁을 스치고 지나갑니다. 저기, 지평선 근처에서 총성과 함께 뿜어진 빛이 어둠을 뚫고 붉은 별처럼 반짝이다 사라집니다. 아직 남아 있는 빛 속에서 살아 있는 것들이 갈 길을 서두릅니다. 오리들이 길게 삼각 편대를 이루어 땅에 닿을 듯 낮게 날아갑니다. 그러다가 갑자기 오두막에 등불이라도 밝혀지면 오리들은 다시 높이 날아오릅니다. 무리 맨 앞의 오리가 고개를 들어 높이 날아오르면 뒤를 따르던 나머지들도 일제히 거친 울음소리를 내며 높이 솟아오릅니다.

문득 어지러운 발자국 소리가 떨어지는 빗소리처럼 크게 다가옵니다. 겁 많은 수천 마리의 양 떼들이 목동들의 외침과 개들의 감시 속에서 우왕좌왕 숨을 헐떡거리는 소리, 어지러운 발 소리를 내며 목장으로 서둘러 돌아오는 것입니다. 나는 양 울음소리와 곱슬곱슬한 양털 무더기에 둘러싸인 채 어쩔 줄 몰라 합니다. 마치 검은 그림자를 드리운 양치기들이 격랑 이는 물살을 타고 넘실넘실 다가오는 것 같습니다……. 양 떼들 뒤로 익숙한 발소리와 명랑한 목소리가 들립니다. 곧 오두막은 사람으로 가득 차고 시끌벅적 활기가 넘칩니다. 포도나무 가지가 활활 피어오르고 사람들은 지친 만큼 더 큰 소리로 웃어 댑니다. 총은 구석에 세워 두고 장화는 아무렇게나 벗어던진 채 빈 사냥 가방 옆에는 갈색, 금색, 초록색, 은색의 피 묻은 깃털들이 놓입니다. 그리고 사람들은 고단함 속의 행복에 빠져듭니다. 이내 식탁이 차려지고 맛있는 뱀장어 수프에서 연기가 올라오면 모두들 입을 다뭅니다. 왕성한 식욕이 불러온 커다란 침묵이라고나 할까요. 어두운 문 앞에서 밥그릇을 핥아 대는 개들이 사납게 으르렁대는 소리만이 그 침묵을 깰 뿐입니다.

밤은 짧을 것 같습니다. 불 옆에는 사냥터지기와 나만 남았고, 그 사냥터지기마저도 꾸벅꾸벅 졸고 있습니다. 둘이 대화를 나누긴 했지만 농부들처럼 어색하게 몇 마디를 주고받았을 뿐입니다. 다 타오른 포도나무 가지의 마지막 불꽃처럼 순식간에 사라지는, 인디언의 감탄사 같은 몇 마디였지요. 결국 사냥터지기도 등불을 들고 자리에서 일어났고, 나는 어둠 속에 남아 멀어지는 그의 무거운 발걸음 소리를 가만히 들었습니다.

3. 대기(매복)

대기! '사냥꾼이 숨어서 기다림' 또는 '매복'을 뜻하는 이 말은 얼마나 아름다운 단어인지요. 정해지지 않은 시간을 희망하고 기다리고 망설이며 밤낮없이 보낸다는 뜻입니다. 아침 매복은 해 뜨기 조금 전에, 저녁 매복은 해가 질 무렵 시작됩니다. 한낮의 햇빛을 오래 품어 주는 늪지가 많은 이 지방에서 나는 저녁 매복을 더 좋아했습니다.

사냥꾼들은 때로 용골*도 없고 작은 움직임에도 쉽게 흔들리는 작고 좁은 배에서 매복을 해야 합니다. 갈대 숲 아래 배를 깔고 엎드려 오리를 감시하는 겁니다. 보이는 것이라곤 모자와 총부리, 바람 속에 코를 킁킁대다가 덥석 모기들을 잡아채는 개들의 머리뿐이지요. 때로는 이 개들이 큰 발을 내뻗는 바람에 배가 기울며 물이 차오르기도 합니다. 경험이 없는 내게는 이런 매복이 너무 힘들었습니다.

그래서 나는 보통 허벅지까지 오는 긴 가죽장화를 신고 진흙탕에 빠질까 두려워하며, 조심스럽고도 느리게 늪 한가운데를 걸으며 '매복'을 하곤 했습니다. 튀어 오르는 개구리들을 피해 찝찔한 냄새나는 갈대들을 뒤지면서 말입니다.

마침내 타마리스가 가득한 작은 섬에 도착했습니다. 나는 마른

---

* 선박 바닥의 중앙에서 선체를 받치는 길고 큰 재목을 말한다..

땅 한구석에 자리를 잡았습니다. 사냥터지기는 나를 위해 자기 개를 빌려 주었습니다. 피레네에서 온 커다란 개였습니다. 두툼하고 하얀 털을 지녔는데 땅에서나 물에서나 최고의 사냥꾼이였지요. 하지만 이런 개가 곁에 있는 것에 조금은 위압감도 느꼈습니다. 쇠물닭이 내 사정거리 안을 지나치자 개는 눈 위까지 늘어진 귀를 예술가처럼 고갯짓을 해 넘기더니 나를 비웃듯 쳐다보는 것이었습니다. 그리고 사냥 자세를 취하며 꼬리를 흔드는 모양이 꼭 이렇게 외치는 듯했습니다.

"총을 쏴요……. 어서 총을 쏘라고요!"

하지만 총알은 빗나갔습니다. 그러자 개는 길게 기지개를 켜면서 맥이 빠진다는 듯 건방지게 하품을 하는 것이었습니다.

그래요. 인정합니다. 나는 형편없는 사냥꾼이지요. 하지만 내게 매복이란 해가 지고, 빛이 잦아들고, 잿빛으로 어두워진 하늘이 윤기 나는 은빛의 고운 수면 아래로 숨어드는 그런 시간일 뿐입니다. 나는 물 냄새와 벌레들이 갈대들 틈에서 내는 신비한 바스락거림과 잎사귀들이 가늘게 떨리며 내는 낮은 속삭임을 좋아합니다.

가끔 소라고둥 소리처럼 슬픈 선율이 하늘에 울려 퍼지기도 합니다. 물고기를 잡으러 온 해오라기들이 물속에 커다란 부리를 박고 '부우우우' 소리를 내는 것이지요!

머리 위로 두루미들이 날아갑니다. 깃털 부비는 소리, 매서운 바람 속에 솜털 흐트러지는 소리, 지친 새들의 작은 뼈마디에서 나는 오도독 소리까지도 또렷이 들려왔습니다. 그러다 어느덧 아무 소리도 들리지 않았습니다. 밤이 찾아온 것이지요. 수면 위로 아주 미세한 빛만이 남아 있는 아주 깊은 밤이 말입니다…….

갑자기 오한을 느꼈습니다. 등 뒤에 누가 있는 것 같아 등골이 오싹해지는 그런 느낌이었지요. 뒤를 돌아보니 아름다운 밤의 동반자인 달이 보였습니다. 커다란 보름달은 처음엔 빠르게 올라오는 듯하더니 수평선에서 멀어지면서 점점 속도가 느려졌습니다.

어느새 초저녁 달빛이 내 가까이를 비추고 있었습니다. 이어 차차 더 먼 곳까지 나아가더니 이제 늪 전체를 비추고 있었습니다. 풀 한 포기마다 달빛 그늘이 질 정도였지요. 이제 매복은 끝났습니다. 새들이 우리를 볼 수 있으니까요. 집으로 돌아가야겠습니다.

먼지처럼 가볍게 쏟아져 내리는 푸른 달빛의 홍수 속을 우리는 걸어갔습니다. 각자의 발길이 늪과 운하에 담길 때마다 물 위로 떨어져 내린 별 무리들과 가장 깊은 곳에 잠겨 있던 달빛이 흔들리고 있었습니다.

4. 적과 흑

　우리 오두막에서 총을 쏘면 닿을 정도로 아주 가까운 거리에 다른 오두막이 하나 더 있습니다. 우리 오두막과 비슷하지만 조금 더 시골 분위기가 나는 곳입니다. 사냥터지기와 그의 아내가 두 아이와 함께 살고 있는 집이지요. 평소 남자들의 식사준비를 해 주는 딸은 그물망을 손질하고 있었고 아들은 아버지를 도와 통발을 거둔 후 저수지의 수문을 지키고 있었습니다. 그보다 어린 두 아이들은 아를의 할머니 집에서 산다고 했는데, 글을 배우고 첫 영성체를 받을 때까지 계속 그곳에 있을 거라고 했습니다. 성당과 학교가 너무 멀고 카마르그의 공기가 아이들에게 좋을 게 없기 때문이랍니다.

　사실, 늪이 마르고 지독한 더위에 운하의 흰 바닥이 쩍쩍 갈라지는 여름에 이곳은 정말 살기 힘든 곳입니다.

　8월에 물오리를 사냥하러 왔다가 그런 광경을 본 적이 있는데, 마치 불탄 흔적처럼 우울하고도 잔인한 그 풍경이 잊을 수 없는 기억으로 남았습니다. 연못들은 마치 거대한 발효 통처럼 뙤약볕 아래 이곳저곳에서 연기를 내뿜고 있었고 연못 바닥에서는 도롱뇽과 거미, 물파리 같은 생명체들이 물기 있는 곳을 찾아 꿈틀대고 있었습니다. 마치 페스트라도 창궐한 듯 악취 나는 안개가 무겁게 떠다니고 헤아릴 수도 없는 수의 모기떼가 윙윙거리고 있었습니다.

사냥터지기의 가족들은 모두 열병에 걸려 부들부들 떨고 있었습니다. 비쩍 말라 누렇게 뜬 얼굴에 움푹 팬 커다란 눈은 정말 보기 딱할 지경이었습니다. 온기는커녕, 열병에 걸린 사람들을 아예 태워 버릴 듯 가혹하게 내리쬐는 태양 아래서 석 달을 견뎌야 하는 불행한 사람들……. 카마르그 사냥터지기의 삶은 얼마나 애처롭고 고달플까요! 그나마 우리 사냥터지기는 아내와 아이와 함께 살고 있으니 나은 편입니다. 이곳에서 팔 킬로미터 떨어진 늪지대에 말지기가 한 명 살고 있는데, 일 년 내내 혼자 지내야 한답니다. 정말 로빈슨과 다를 바가 없는 셈입니다. 자기 손으로 지은 갈대 오두막에, 버들가지를 짜서 만든 해먹과, 검은 돌로 만든 벽난로, 타마리스 밑동을 다듬어 만든 사다리, 그리고 이 희한한 집을 잠글 때 쓰는 하얀 나무로 된 자물쇠와 열쇠까지, 그의 손을 직접 거치지 않은 것이 없었습니다.

그는 또한 자기가 살고 있는 집만큼이나 희한한 사람이었습니다. 고독을 즐기는 조용한 철학자 같지만 짙고 두터운 눈썹 밑으론 의심 많은 농부의 모습도 보입니다. 목초지에 있지 않으면 자기 집 문 앞에 앉아 말에게 쓸 약병 주위의 분홍색, 파란색, 혹은 노란색 처방전을 마치 아이처럼 집중해서 천천히 읽곤 했습니다. 이 불쌍한 친구에게 처방전 말고는 읽을거리가 없었고, 글을 읽는 것 외에는 다른 놀잇거리가 없었던 것입니다.

우리 사냥터지기와 가까이 있으면서도 두 사람은 전혀 왕래를 하지 않았습니다. 오히려 만나는 것을 기피했지요. 어느 날 나는 두 사람 사이가 왜 그리 안 좋으냐고 사냥터지기에게 물었습니다. 그가 진지한 표정으로 대답해 주었습니다.

"견해 차이지요. 그 친구는 좌익이고 저는 왕당파거든요."

그러니까 테오크리토스*의 소몰이꾼들처럼 오지에 살아 일 년에 고작 한 번 시내에 나갈까 말까 하고, 아를의 작은 카페에 있는 금박 장식과 거울을 마치 프롤레미의 궁전이라도 구경하듯 넋을 잃고 바라보는, 똑같이 배운 것 없고 순박한 촌사람들이, 외로움 속에서 서로 친하기는커녕 정치적 신념을 빌미로 미워할 핑계를 찾고 있었던 것입니다!

5. 바카레스 호수

카마르그에서 가장 아름다운 곳은 다름 아닌 바카레스 호수입니다. 이따금 나는 사냥을 포기하고 소금기 있는 호숫가에 앉아 있곤 했습니다. 너른 바다의 일부를 떼어다 옮겨 놓은 듯한 호수인데, 육지에 둘러싸여 있어 더 친밀감이 느껴집니다. 우울한 느

---

* 고대 그리스의 시인이다. 시칠리아의 전원과 목자(牧者)를 노래한 전원시와 목가적인 시들을 썼다.

낌을 주는 여느 해안가의 건조함이나 척박함과 달리, 조금 높은 곳에 위치한 이곳 호숫가는 가늘고 부드러운 잔디로 덮여 있고, 게다가 아름답고 특이한 꽃들도 지천으로 피어 있습니다. 수레 국화, 클로버, 용담, 그리고 겨울에는 파랑 여름에는 빨강으로 기온에 따라 색을 바꾸고 계절에 맞춰 꽃을 피우는 예쁜 야생화들로 가득하답니다.

오후 다섯 시, 해질녘이면 시야를 가리거나 수평선을 흐트러뜨리는 거룻배나 돛단배 한 척 없이 십이 킬로미터 길이로 펼쳐진 호수가 감탄을 자아냅니다. 조금만 밟아도 물이 배어 나오는 진흙땅으로 이루어진 늪이나 운하들이 친밀감을 준다면 이곳 호수는 크고 광활한 느낌을 줍니다.

멀리서 파도가 검둥오리, 왜가리, 일락해오라기, 그리고 흰 배에 분홍빛 날개를 펼친 홍학의 무리를 이끌고 반짝이며 다가옵니다. 물고기를 잡으려고 호숫가에 길게 늘어선 모습이 형형색색의 기다란 띠처럼 보입니다. 그리고 거기엔 따오기가! 진짜 이집트산 따오기가 찬란한 햇살이 주는 조용한 풍광을 제 집처럼 편안히 즐기고 있습니다. 내가 있는 곳에서는 물결 출렁이는 소리와 말지기가 물가에 흩어져 있는 말들을 불러 모으는 소리밖에 들리지 않습니다. 말들은 모두 대단한 이름들을 가지고 있습니다. "시퍼!(루시퍼) 에스텔로! 에스투르넬로!" 자기 이름이 불린 말들은 갈기를 바람에 휘날리며 뛰어와 말지기의 손에 있는 귀리를 먹어 댑니다.

　좀 더 먼 강가에는 헤아릴 수 없이 많은 소 떼들이 말들처럼 자유롭게 풀을 뜯고 있습니다. 간혹 타마리스 덤불 위로 소의 굽은 등과 막 자라기 시작한 뿔이 보이기도 합니다. 카마르그에 있는 대부분의 소들은 마을 축제인 낙인제에 나가기 위해 시합용으로 길러집니다. 벌써 프로방스와 랑그도크의 투우장에서 유명해진 녀석들도 있었지요. 가까이 있는 소 떼들 중에 '로맹'이라는 사나운 투우소가 있는데 이 소가 벌써 아를과 님, 타라콩의 투우장에서 쓰러뜨린 사람과 말들만 해도 수를 헤아릴 수 없을 정도입니다. 그래서 다른 무리의 소들도 로맹을 우두머리로 떠받듭니다. 이 특별한 무리들 사이에도 '자치'라는 게 있어서 선택된 한 마리의 늙은 황소를 지도자로 삼아 무리를 짓는 것입니다. 여러분들도 보았더라면! 카마르그에 폭풍우가 몰아칠 때, 막거나 피할 것 하나 없는 이 광대한 초원에서 지도자를 중심으로 모인 소들이 널따란 이마에 잔뜩 힘을 주고 고개를 숙인 채 바람에 맞서는 장면을 말입니다. 프로방스의 목동들은 이 모습을 '뿔로 바람맞기'라고 부릅니다. 여기 참여하지 않는 소는 불행한 일을 당하게 된다고 합니다! 폭풍우에 당황한 소들이 도망쳐 달리다가 눈앞을 가리는 비에 길을 잃고 론 강이나 바카레스 호수 또는 바다로 뛰어들곤 하기 때문입니다.

막사의 추억

오늘 아침, 동틀 무렵 엄청난 북소리에 놀라 잠을 깼습니다. 라 팜 팜! 라 팜 팜!

이런 시간에 우리 소나무 숲에서 북을 치다니! 참으로 이상한 일이었습니다.

나는 재빨리 침대에서 내려와 문을 열었습니다.

하지만 문밖에는 아무도 없었습니다! 북소리도 들리지 않았습니다! 이슬에 젖은 머루나무들 사이에서 마도요 두세 마리가 날개를 흔들며 날아올랐습니다……. 잔잔한 바람이 나무를 흔들고 있었습니다……. 동쪽 알피유의 가느다란 능선 위로 태양이 금빛 먼지를 일으키며 서서히 솟고 있었습니다.

아침 햇살이 벌써 풍차 방앗간의 지붕을 스치고 있었습니다.

이때 다시 보이지 않는 북소리가 들판의 나무 응달 아래에서 들려왔습니다……. 라 팜 팜 팜!

이런! 잠시 잊고 있었더니! 대체 어떤 야만인이 새벽 숲에서 북을 치고 있는 걸까요? 아무리 둘러보아도 소용없었습니다. 아무것도 보이지 않았으니까요……. 라벤더 숲 덤불과 저 아랫길까지 뻗어 있는 소나무들밖에 보이지 않았습니다. 어쩌면 장난꾸러기들이 덤불숲에 숨어 나를 골탕 먹이는 건지도 모르겠습니다. 아니면 아리엘이나 골목대장 퍽일지도 모릅니다. 녀석들이 우리 방앗간 앞을 지나다가 이런 생각을 했을 겁니다.

'저 파리에서 온 사람은 저 안에서 너무 조용히 지내는 것 같아. 그러니 우리가 한번 놀라게 해 줄까?'

그래서 큰 북을 메고 라 팜 팜! …… 라 팜 팜! …… 소리를 내는 건지도 모르지요. 퍽, 이놈. 제발 조용히 해. 너 때문에 매미들이 깼잖아!

하지만 퍽이 저지른 일이 아니었습니다.

북을 친 사람은 '피스톨레'*라고도 부르는, 구게 프랑수와라는 사람이었습니다. 31연대에서 북을 치는 사람으로 장기 휴가 중이었습니다. 피스톨레는 고향에서 지내는 것이 지겹던 참이었나 봅니다. 군대 생활을 그리워하던 그에게 마을 사람 하나가 북을 빌려 주었고, 그는 숲속으로 와 프랑스-유젠에 있는 병영을 그리

---

* 권총을 뜻하며 '괴짜'라는 뜻도 있다.

며 쓸쓸히 북을 치곤 했던 것입니다. 마침 그가 오늘 자기 부대를 생각하며 들른 곳이 바로 우리 집 근처의 작은 언덕이었던 것입니다……

소나무에 기대선 그는 양다리에 북을 끼고 신 나게 두드려 댔습니다……. 그의 발치에 있던 새끼 자고새들이 화들짝 날아올라도 그는 알아차리지 못했습니다. 그의 주위에 핀 백리향이 향기를 가득 뿜어내는 것도 느끼지 못했습니다.

나뭇가지에서 햇빛에 흔들리는 거미줄도, 자기 북 위에서 톡톡 튀어 오르는 솔잎도 그의 눈에는 보이지 않았습니다. 자신만의 몽상과 음악에 흠뻑 빠진 채 그는 튀어 오르는 북채만을 사랑스럽게 바라볼 뿐이었지요. 그의 크고 우직해 보이는 얼굴은 북이 울릴 때마다 기쁨으로 넘쳐났습니다.

라 팜 팜! 라 팜 팜!

"우리 막사는 정말 크고 멋졌지! 커다란 타일이 깔린 마당, 가지런히 늘어선 창문들과 모자 쓴 병사들, 그릇 부딪히는 소리로 시끄럽던 작은 아케이드도 있었지!"

라 팜 팜! 라 팜 팜!

"아! 시끄러운 계단, 회칠한 복도, 냄새나는 내무반, 잔뜩 광을 낸 허리띠, 빵 자르는 도마, 왁스 통, 철제 침대와 회색 담요, 시렁에서 번쩍이던 소총들!"

라 팜 팜! 라 팜 팜!

"아! 근위대에서의 즐거운 나날들. 땀으로 끈적이는 손가락 사이의 카드. 펜으로 흉측하게 낙서해 놓은 스페이드의 여왕, 야전 침대 위에서 굴러다니던 책장 떨어진 피고-르브룅*!"

라 팜 팜! 라 팜 팜!

"아! 관청 정문에서 보초를 서던 긴 밤들! 초소에 비가 들이치는 바람에 발이 얼었었지! ······축제 마차들은 지나며 흙탕물을 튀겨 대고! ······아! 사역 작업과 유치장의 날들. 희한한 냄새나는 물통, 나무판자로 만든 베개. 비오는 날 아침 차갑게 들려오던 기상나팔 소리. 가스등이 켜지는 시간 안개 속에 들리던 귀영나팔 소리. 숨 가쁘게 뛰어야 했던 점호 시간!"

라 팜 팜! 라 팜 팜!

"아! 뱅센 숲, 두꺼운 흰 면장갑, 요새 위에서의 짧지만 즐거운 산책······. 아! 사관학교의 울타리, 병사들의 애인, 살롱 드 마르의 코넷, 음악 홀에서 마시던 압생트, 딸꾹질하며 털어놓던 속마음, 칼을 뽑듯 꺼내 든 라이터, 손을 가슴에 대고 부르던 가슴 아픈 연가!"

꿈꾸고 또 꿈꾸는 불쌍한 사람! 나 또한 당신을 막을 순 없으리! ······있는 힘껏 두드리게. 팔뚝에 힘을 주어 두드리게. 내가 당신을 비웃을 권리는 없으니.

---

* 소설가 피고 르브룅(Pigault Lebrun, 1753~1835). 프랑스 혁명의 시대를 세밀하게 묘사한 작품들을 남겼다.

당신이 군대 시절의 추억을 가지고 있다면 내게도 나만의 추억이 있지 않겠는가?

나의 파리 생활도 당신의 추억처럼 이곳까지 나를 쫓아왔다네. 당신은 소나무 밑에서 북을 두드리게! 나는 그곳에서 조용히 글을 쓰겠네……

아! 우리 두 사람 모두 프로방스의 사람이 아닌가! 저기 파리에서는 푸르른 알피유와 라벤더의 자연스런 향을 몹시 그리워했었지. 하지만 지금 여기, 프로방스 한복판에서 나는 파리를 그리워하고 그곳을 떠올리는 모든 걸 소중하게 여기고 있으니!

마을의 종소리가 여덟 시를 알립니다. 피스톨레는 북채를 손에서 놓지 않고 집으로 돌아갑니다. 그가 소나무 숲을 내려가는 소리가 들립니다. 그는 계속해서 북을 치고 있었습니다……. 풀밭에 누워 있던 나도 향수병에 걸린 듯합니다. 멀어지는 북소리와 함께 내 모든 파리의 추억이 소나무들 사이로 아름답게 펼쳐지고 있으니…….

아! 파리……. 파리! ……언제나 그리운 파리!

풍부한 서정이 도드라지는 단편선
알퐁스 도데의 삶과 작품 세계

알퐁스 도데는 1840년 5월 13일 프랑스 남동부 지역 프로방스 지방의 님에서 태어났습니다. 1840년은 작가 에밀 졸라와 조각가 오귀스트 로댕, 인상주의 화가 클로드 모네가 태어난 해이기도 합니다. 작가가 살았던 무렵의 프랑스는 7월 혁명(1830)과 2월 혁명(1848), 그리고 나폴레옹 3세의 치세를 거쳐 보불전쟁(1870)과 파리코뮌(1871)으로 이어지는 격변의 시대였습니다. 우리가 잘 아는 도데의 단편 〈마지막 수업〉도 보불전쟁 당시 알자스 지방의 한 학교를 배경으로 한 작품입니다.

도데는 조용하고 평화로운 남프랑스에서 어린 시절을 보내고, 왕성하게 작품 활동을 하던 20대와 30대에는 전쟁과 혁명의 격변기를 통과하게 됩니다. 그가 성장한 프로방스 지방, 그리고 청년기와 장년기를 거치며 겪은 전쟁과 혁명의 혼란은 그의 작품 세계를 구성하는 두 개의 큰 축이라 할 수 있습니다. 프로방스의 정경은 그의 단편 〈별〉이 수록된《풍차 방앗간 편지》에서, 전쟁과 혁명의 시대는 또 다른 단편 〈마지막 수업〉이 수록된《월요 이야기》에서 그의 이야기들을 끌어가는 주요 소재가 됩니다.

따뜻한 시선을 가진 프랑스의 대표 작가

따뜻한 남쪽의 프로방스에서 유복한 어린 시절을 보내던 도데에게 뜻밖의 시련이 찾아옵니다. 16세 되던 해, 아버지가 다니던 비단 제조 공장이 파산하면서 가족은 뿔뿔이 흩어지게 된 것입니다. 그래서 도데는 학업을 중단하고 알레스 지역 중학교에서 자습 감독으로 일하게 됩니다. 이때의 경험은 뒷날 소설《꼬마 철학자》(1868)라는 성장 소설을 쓰는 계기가 됩니다. 이 소설은 도데의 우울했던 성장기를 동화 같은 필치로 그려 낸 자전적인 작품입니다.《꼬마 철학자》의 주인공 다니엘처럼 도데는 파리로 상경해 형과 함께 살게 됩니다. 그리고 그의 문학적 재능을 발견한 형의 적극적인 지원을 받아 본격적으로 글을 쓰며 동시대의 문인들과 교류를 시작합니다.

파리로 건너온 이듬해인 1858년, 도데는 마침내 시집 〈사랑에 빠진 여인들〉을 발표하며 문단에 데뷔합니다. 그는 이를 계기로 프랑스의 유력 신문인 〈르 피가로〉의 기자로 발탁되었고 모르니 공작의 비서로 일하는 행운을 얻기도 합니다.

이렇게 도데는 20대 청년기에 이미 파리에서 촉망받는 작가로 인정받게 됩니다. 하지만 고향 프로방스의 따뜻한 햇살을 늘 그리워하던 이 작가에게 파리는 번잡하고 우울한 도시일 뿐이었습니다. 도시 생활에 염증을 느낀 그는 고향 근처 아를에 있는 저택에 은둔한 채 창작 활동에만 전념합니다. 아를은 훗날 반 고흐가 따뜻한 햇볕이 내리쬐는 들판과 밤하늘 가득한 별을 그렸던 바로 그 고장입니다.

도데는 1869년 드디어 자신이 쓴 짧은 소설들 19편을 모아 《풍차 방앗간 편지》를 발표합니다. 이 작품집에는 원래 단편 소설 19편이 실려 있었지만, 이후 증보되어 1879년 개정판에는 24편이 수록되었습니다. 도데가 1866년부터 1873년까지 여러 지면에 발표한 단편들을 모은 소설집이었습니다. 그가 발표한 이 첫 소설집은 훗날 그의 대표작이자 프랑스인들이 가장 사랑하는 책이 되었습니다.

《풍차 방앗간 편지》를 낸 지 4년 뒤인 1873년, 도데는 두 번째 단편집 《월요 이야기》를 출간합니다. 우리가 익히 아는 단편 《마지막 수업》이 수록되어 있는 이 단편집은 주로 보불전쟁과 파리 코뮌으로 이어지는 암울한 시대의 풍경을 담고 있습니다. 하지만 혼란한 시대의 군상들을 바라보는 도데의 시선은 인간에 대한 연민으로 가득합니다. 거기에는 적도 영웅도, 선도 악도 없으며 다만 전쟁의 참상과 거기에 희생되는 인간들이 있을 뿐입니다.

또한 타르타랭 3부작이라 불리는《타르타랭의 기상천외한 모험》(1872),《알프스의 타르타랭》(1885),《타라스콩 항구》(1890)에서는 프로방스인의 허풍스러우면서도 낙천적인 기질을 풍자적으로 표현했습니다.

이후 장편《동생 프로몽과 형 리슬레르》(1874),《자크》(1876)를 비롯해,《나바브》(1877), 장편《전도사》(1883),《사포》(1884) 등 주로 파리를 배경으로 하여 사회 문제를 다룬 작품들을 내놓았습니다.

프로방스를 사랑하고 프로방스를 노래한 서정 시인

파리에 사는 동안에도 도데는 이 침울하고 번잡한 도시를 떠나 작품들의 실제 배경이 된 퐁비에유의 방앗간으로 와서 여름을 보내곤 했습니다. 론 강 언덕의 따사로운 햇볕이 비추는 폐허의 방앗간은 이렇게 도데가 지어낸 불멸의 단편들을 탄생시킨 곳이 되었습니다.

〈풍차 방앗간 편지〉에는 민담과 역사, 우화에서 일기와 여행기에 이르기까지 다양한 형식의 이야기들이 모여 있습니다. 이토록 많은 이야기들로 구성된 단편집의 주인공은 단연 '프로방스'

라고 할 수 있습니다. 프로방스의 밝은 풍광과 그곳에서 살아가는 소박한 사람들이 바로 이 책의 주인공입니다.

사실 프로방스 지방은 프랑스 내에서도 매우 독특한 풍광과 역사 그리고 문화를 지닌 곳입니다. 기원전 3세기부터 그리스의 식민지를 거쳐 고대 로마의 속주로 융성했던 프로방스는 일찍부터 군사와 교역의 중심지로 발전해 왔습니다. 그래서 이 고장은 훨씬 뒤 왕국을 이룬 프랑스의 다른 지역보다 유구하고 독특한 전통과 문화를 유지하게 되었습니다.

〈풍차 방앗간 편지〉에 실린 짧은 이야기 곳곳에서 우리는 햇볕 내리쬐는 프로방스의 들판과 양 떼를 몰고 가는 목동, 언덕 위에 날개를 벌리고 거인처럼 서 있는 풍차, 수확한 곡식을 가득 싣고 가는 마차들을 만날 수 있습니다. 그리고 저녁이면 모여들어 흥겨운 음악과 함께 파랑돌 춤을 추는 이곳 사람들의 유쾌한 삶들과 마주하게 됩니다. 거기에는 수도 파리의 사람들과는 다른 삶을 살아가는 소박하면서도 낙천적인 사람들이 있습니다. 소설을 읽다 보면 우리가 한 번도 가 보지 못한 프로방스가 마치 내 고향이라도 되는 듯 친근하게 느껴집니다.

도데는 프로방스에서 태어나 자랐고 파리에 와서 작가로서 성공의 길에 접어들었습니다. 하지만 파리에서 그는 늘 자신이 '추방'되었다는 느낌을 받았고 향수병을 안고 살았습니다. 〈황금 뇌를 가진 남자〉에 썼듯이, "안개가 덮인" 우울한 도시 파리와 "북소리 울리고 사향포도주 넘쳐 나는 햇살 가득한 고장" 프로방스는 작가의 마음속 지형도에서 머나먼 대척점에 자리하고 있는 것 같습니다. 또한 〈시인 미스트랄〉에서 볼 수 있듯이 그의 마음은 고향 프로방스의 전통과 유적 그리고 지방 언어에 대한 자부심으로 가득합니다.

하지만 그가 언제나 작품 속에 전원의 소박한 생활만을 그린 것은 아닙니다. 리옹과 파리 같은 대도시에서 형과 함께 가난한 소시민의 생활을 경험했던 그는 소설 속에서 빈민 지역의 누추한 가옥들과 노동자들의 힘겨운 삶, 그리고 가난과 악다구니를 벌이는 모습들도 즐겨 그리곤 했습니다. 이후의 단편들을 모은 《월요 이야기》에는 이런 정경이 두드러지게 나타납니다.

아이러니하게도, 파리에 살면서는 자기 고향에 대한 향수를 가지고 있었지만 전원으로 돌아온 도데는 파리 시절의 추억을 그리워하는 마음도 지니고 살았습니다. 〈막사의 추억〉에서 작가는 파리의 병영 생활이 그리워, 산에 올라와 북을 두드리는 병사에 빗대어 자신의 심정을 내비치기도 합니다.

"저기 파리에선 푸르른 알피유와 라벤더의 자연스런 향을 몹시 그리워했었지. 하지만 지금 여기, 프로방스 한복판에서 나는 파리를 그리워하고 파리를 떠올리는 모든 걸 소중하게 여기고 있으니!"

냉소와 조롱에서 공감과 연민으로

대표작인 〈별〉의 유명세나 서정성 넘치는 문체로 인해 우리는 도데가 낭만적이고 목가적인 정경을 즐겨 그리는 작가라고 착각하기 쉽습니다. 하지만 《풍차 방앗간 편지》에 실린 단편들을 읽다 보면 대부분 비극적이거나 우울한 내용을 담고 있다는 사실에 놀라게 됩니다. 사실 그는 인간 앞에 놓인 삶의 현실을 냉철한 시선으로 바라보려 했던 작가 중 한 사람입니다. 이는 그가 살았던 시대를 풍미한 사실주의와 자연주의 문학사조의 경향이기도 합니다. 도데가 묘사하는 유머러스한 인물이나 상황들 속에서도 우리는 어쩌지 못하는 현실에 대한 쓰디쓴 비애들을 발견할 수 있습니다. 〈보케르의 역마차〉에서 사내들이 벌이는 유쾌하고 거친 입담 뒤에 남은 것은 약자의 처절한 분노와 원망이었습니다. 〈코르니유 영감님의 비밀〉에서 영감님의 방앗간은 이웃 사람들의 합심 덕분에 마지막 한 번의 전성기를 맞이하지만, 방앗간은 결국 낡은 시대의 유물로 폐허 속에 묻히고 말 뿐입니다.

그럼에도 그의 소설들은 우리 입가에 미소를 띠게 만들고 가슴을 따뜻하게 만듭니다. 그것은 작가가 바라보는 대상에 대해 언제나 공감과 연민의 끈을 놓지 않기 때문입니다. 작가는 자신이 냉소하고 야유하는 대상 속에서 자신의 모습을 발견합니다. 그래서 세상에 대한 그의 냉소와 조롱은 곧 연민으로 바뀌고 맙니다. 한때 잘 나가던 만평가였지만 이제 눈이 멀어 옛 지인들을 찾아다니며 생계를 구걸해야 하는 빅시우 영감 앞에서 작가는 우리들 누구에게나 닥칠 수 있는 몰락의 두려움을 봅니다. 〈스갱씨의 염소〉는 '자유'라는 이상을 품고 살아가는 동료 시인에게 주는 충고이지만, 결국 같은 길을 걸어야 하는 자신의 운명에 대한 자조와 풍자이기도 합니다. 그가 대상 속에 늘 견지하는 이런 연민 덕분에 독자들은 우스꽝스런 이야기 속에서도 눈물을 흘리고, 서글픈 이야기들 속에서도 미소를 지을 수 있습니다.

《풍차 방앗간 편지》에 실린 거의 모든 작품들은 작가 자신을 화자로 한 일인칭 시점으로 서술했습니다. 작가의 입을 통해 전달되는 이야기들에는 본인의 감정이나 주관 또는 입장이 개입되기 마련입니다. 하지만 도데는 자신의 이야기 속에서 최대한 자기 목소리를 배제하려 합니다. 그래서 《풍차 방앗간 편지》에 실린 많은 이야기들은 누군가에게서 들은 이야기이거나, 마을에 전해 내려오는 이야기이거나, 어느 문헌에서 찾아낸 자료라는 형식을 취합니다. 이는 이야기되는 대상과 최대한 거리를 유지하고 객관성을 확보하려는 노력으로 보입니다. 하지만 주관을 철저히 배제한 전달 방식은 오히려 그가 들려주는 이야기들을 더 진솔하고 감동적인 것으로 만들어 줍니다.

도데의 작가로서의 역량에서 빼놓을 수 없는 것이 천변만화하는 그의 문체입니다. 그의 소설은 주제에 따라 옛이야기, 편지, 전설, 우화의 형식을 취하며 때론 수다를 떨듯, 때론 슬픔에 잠긴 목소리로, 때론 귓속말이라도 하듯 나지막한 목소리로 이야기를 들려줍니다. 이런 정감 어린 목소리 덕분에 우리는 머리가 아닌 마음으로 그의 이야기를 들을 수 있습니다.

그는 탁월한 이야기꾼이기도 합니다. 그가 들려주는 이야기에는 멋진 주인공도 극적인 상황도 없습니다. 하나같이 주변에서 흔히 볼 수 있는 평범한 사람들의 이야기일 뿐입니다. 하지만 이런 평범한 사람들의 이야기가 작가의 탁월한 입담을 만나면 한 편의 감동적인 이야기로 재탄생됩니다. 독자들은 그의 세밀하고 정확한 묘사를 통해 소설 속 인물들의 성격과 심리, 그리고 내면의 작은 떨림까지도 전달받을 수 있습니다.

37세에 도데에게는 척수감염이라는 치명적인 병이 찾아옵니다. 하지만 걷는 것조차 고통스러운 생활 속에서도 도데는 20년이 넘게 쉼 없이 작품을 생산했습니다. 그는 동년배의 작가 에밀 졸라를 비롯하여 에드몽 드 공쿠르, 구스타브 플로베르 등의 문인들과 교류하며 사실주의와 자연주의로 대표되는 프랑스의 19세기 문단에서 그만의 성격이 도드라진 서정적인 작품 세계를 펼쳐 보였습니다. 그리고 이것은 그가 오늘날까지 프랑스인은 물론 세계 독자들이 가장 사랑하는 작가로 남은 이유가 되었습니다.

그와 교류했던 지인들에 따르면 그는 자신이 지어낸 작품들과 일치하는 사람이었다고 합니다. 추측컨대 그는 유쾌하고 낙천적이며 재치와 유머가 넘쳤지만, 매우 냉철한 지성과 예민한 감수

성에 몽상가 기질을 지닌, 타인의 아픔에 공감할 줄 아는 따뜻한 마음을 지닌 인물이었을 겁니다.

알퐁스 도데는 1897년 12월 16일 57세를 일기로 사망하여 현재 파리에 있는 페르라셰즈 공원묘지에 묻혀 있습니다.

조정훈

1840년   5월 13일 프랑스 남부의 님에서 아버지 뱅상 도데와 어머니 아들린 레이노 사이에서 삼 형제 중 막내로 태어났다.

1855년   리몽 중학교에서 공부하던 중, 비단 도매상인 아버지가 파산하면서 가세가 기울자 중퇴했다. 그리고 이후 1857년까지 알레스 공립 중학교에서 복습 교사로 일했다.

1858년   형 에르네스트 도데의 도움으로 파리로 이사했다.

1859년   처녀작인 시집《사랑에 빠진 연인들(Les Amoureuses)》로 문단에 데뷔하여 지식인들의 주목을 받았다. 이로 인해 〈르 피가로(Le Figaro)〉지의 기자로 발탁되었다. 파리에서 프로방스 시인 프레데릭 미스트랄을 만나 교류했다.

1860년   입법의회 의장인 샤를 드 모르니 공작의 비서가 되었다.

1862년   연극에 관심을 가져 희곡 〈마지막 우상〉을 발표했다.

1865년   《풍차 방앗간 편지》의 집필을 시작했다.

1866년   잡지 〈레벤느망(L'Événement)〉에 《풍차 방앗간 편지》 12편 을 게재했다.

1867년   쥘리아 알라르와 결혼했다.

1868년   자신의 불우했던 어린 시절과 학교생활 등을 회고하는 자전적 소설인 《꼬마 철학자(Le Petit Chose)》를 발표했다. 샹로제 에 있는 작은 시골 마을로 이주했다.

1869년   첫 소설집 《풍차 방앗간 편지》를 출간했다. 이 작품은 극찬을 받았다. 이후 소설가로 전향했다.

1872년　열정적인 청년의 실연을 그린 〈아를의 여인〉이 비제의 음악으로 상연되었고, 고향에 대한 애정을 표현한 《타라스콩의 타르타랭》을 발표했다.

1873년　1870년 발발한 프랑스-프로이센 전쟁으로 전쟁의 참상과 비참함을 느낀 도데는, 전쟁터에서의 경험을 토대로 패전국의 비애와 조국애를 담은 이야기들을 묶어 단편집 《월요 이야기(Contes du lundi)》를 출간했다. 고요하고 아름다운 문장으로 표현했으나, 때때로 날카로운 풍자가 돋보이는 작품이었다. 유명 작품인 〈마지막 수업〉 〈기수〉 〈소년 간첩〉 등이 실렸다.

1874년　생활에 여유가 생기고 자신의 문학성에 자신감을 얻은 도데는 당시 유행하던 사실주의에 심취하여 현대 사회의 풍속을 묘사하는 데 전념한다. 파리의 산업 구조를 서술한 《동생 프로몽과 형 리슬레르(Fromont jeune et Risler ain)》를 발표했다.

1876년　《자크(Jack)》를 출간했다.

1877년　재계(財界)와 정계(政界)를 묘사한 《나바브(Le Nabab)》를 발표했다.

1879년   척수감염이라는 불치의 병에 걸렸다.

1882년   어머니가 사망했다.

1883년   《전도사(L'Evangéliste)》를 발표했다.

1884년   방랑하는 예술가의 이야기인《사포(Sapho)》와《누마 루
메스탕(Numa Roumestan)》을 발표했다.

1885년   《알프스의 타르타랭(Tartarin sur les Alpes)》를 발표했다.

1887년   샹프로제에 집을 매입했다. 이 저택에 에드몽 드 공쿠
르, 에밀 졸라 등 많은 문인들이 드나들었다.

1889년   수필집《회상록(Souvenirs d'un homme de lettres)》을 발간
했다.

1897년   《아르탈랑의 보물(Trésor d'Artalan)》을 발표했다. 12월
16일, 파리의 저택에서 가족들과 식사하던 도중에 갑자기 사망
했다. 페르라셰즈 묘지에 안장되었다.

옮긴이 조정훈

1970년 군산에서 태어났다. 이화여자대학교 불어불문과를 졸업한 뒤 보르도 3대학과 파리 3대학에서 수학했으며, 현재는 전문 번역가로 활동하고 있다.

옮긴 책으로는 《세잔과의 대화》《르코르뷔지에의 동방기행》《경제는 거짓말을 하지 않는다》《원더풀 월드》 등의 대중서와 《별자리 이야기 15가지》《샤를의 기적》《1층에 사는 키 작은 할머니》 등 다수의 동화가 있다. 〈출판 저널〉에 프랑스의 신간을 소개하는 칼럼을 연재하기도 했다. 더클래식 세계문학 컬렉션 중에서 《좁은 문》을 번역했으며, 현재 알퐁스 도데 단편선 두 번째 권 《월요 이야기》 번역을 끝낸 후 생텍쥐페리의 《어린 왕자》와 앙드레 지드의 《지상의 양식》을 번역하고 있다.

별 도데 단편선 ❶

개정 1쇄 펴낸 날 2021년 1월 30일

지 은 이   알퐁스 도데
옮 긴 이   조정훈
펴 낸 이   장영재
펴 낸 곳   (주)미르북컴퍼니
자 회 사   더클래식
전   화   02)3141-4421
팩   스   02)3141-4428
등   록   2012년 3월 16일(제313-2012-81호)
주   소   서울시 마포구 성미산로32길 12 2층 (우 103983)
E-mail   sanhonjinju@naver.com
카   페   cafe.naver.com/mirbookcompany

* (주)미르북컴퍼니는 독자 여러분의 의견에 항상 귀 기울이고 있습니다.
* 파본된 책을 구입하신 서점에서 교환해 드립니다.
* 책값은 뒤표지에 있습니다.

더클래식

세계문학
컬렉션

1 | 노인과 바다 | 어니스트 헤밍웨이

　　1953년 퓰리처상 수상작 / 1954년 노벨문학상 수상작 / 미국대학위원회 선정 SAT 추천도서

2 | 동물 농장 | 조지 오웰

　　미국대학위원회 선정 SAT 추천도서 / 〈타임〉지 선정 현대 100대 영문소설

　　한국 문인이 선호하는 세계명작소설 100선 / 서울시 교육청 추천도서

　　논술 및 수능에 출제된 책(1998~2005)

3 | 어린 왕자 | 앙투안 드 생텍쥐페리

　　전 세계 1억 부 이상 판매 기록 / 16개국 언어로 번역

4 | 사람은 무엇으로 사는가(톨스토이 단편선 1) | 레프 니콜라예비치 톨스토이

　　영어권 문학가들이 가장 좋아하는 작가 / 전 세계 거의 모든 언어로 번역된 필독서

5 | 검은 고양이(포 단편선) | 에드거 앨런 포

　　포 최고의 미스터리 세계를 보여 준 호러 문학의 걸작

6 | 예언자 | 칼릴 지브란

　　'현대의 성서'로 불리는 책

7 | 젊은 베르테르의 슬픔 | 요한 볼프강 폰 괴테

　　세기의 철학가와 문인들의 찬사를 받은 대표작

8 | 독일인의 사랑 | 프리드리히 막스 뮐러

　　잊히지 않는 낭만적 사랑의 향기 / 독일 낭만주의 시인 막스 뮐러의 유일 순수문학 작품

9 | 이방인 | 알베르 카뮈

　　노벨 연구소 선정 최고의 세계문학 100선 / 1957년 노벨문학상 수상작

　　대한민국 명사 101인의 대표 추천작 / 연세대학교 필독도서 / 미국대학위원회 선정 SAT 추천도서

　　〈타임〉지 선정 세상을 움직인 책 100권

10 | 데미안 | 헤르만 헤세

　　노벨문학상 수상 작가 / 20세기 일대 센세이션을 일으킨 성장 소설의 고전

　　서울시 교육청 추천도서

11 │ 그리스인 조르바 │ 니코스 카잔차키스
미국대학위원회 선정 SAT 추천도서 / 한국간행물윤리위원회 선정추천도서
한국출판인회의 출판인이 선정한 100권의 도서

12 │ 위대한 개츠비 │ 프랜시스 스콧 피츠제럴드
〈타임〉지 선정 현대 100대 영문소설 / 어니스트 헤밍웨이가 인정한 완벽한 일급 작품
20세기 100대 영문소설 1위 / 미국대학위원회 선정 SAT 추천도서 / 뉴욕 공립도서관 추천도서
대한민국 명사 101인의 대표 추천작 / WTO 북클럽 추천도서

13 │ 도리언 그레이의 초상 │ 오스카 와일드
미국대학위원회 고교 추천도서 101 / 대한민국 명사 101의 대표 추천작

14 │ 벨 아미 │ 기 드 모파상
모파상의 가장 매력적이고 파격적인 작품 / 19세기 파리를 뒤흔든 파격 스캔들
2012년 개봉한 영화 〈벨 아미〉 원작

15 │ 이상한 나라의 앨리스 │ 루이스 캐럴
난센스와 판타지의 대표작 / 아카데미 '미술상' 수상한 영화의 원작
19세기 가장 유명한 영국 아동문학 작가

16 │ 두 도시 이야기 │ 찰스 디킨스
영국이 낳은 가장 위대한 소설가 / 영화 〈다크나이트〉의 모티프
미국대학위원회 선정 SAT 추천도서 / 서울시 교육청 선정 청소년 필독도서

17 │ 햄릿 │ 윌리엄 셰익스피어
대한민국 명사 101인의 대표 추천작 / 서울대학교 권장도서 100선 / 서울대학교 동서고전 200선
연세대학교 필독도서 / 미국대학위원회 선정 SAT 추천도서 / 국립중앙도서관 선정 청소년 권장도서

18 │ 오페라의 유령 │ 가스통 르루
4대 뮤지컬 〈오페라의 유령〉 원작 소설 / 프랑스 최고 추리소설 작가

19 │ 1984 │ 조지 오웰
〈타임〉지 선정 세상을 움직인 책 100권 / 〈텔레그라프〉지 완벽한 도서관을 위한 권장도서 100
세계 3대 디스토피아 미래 소설 / 〈가디언〉지 권장도서 / 뉴욕 공립도서관 추천도서
하버드 대학생이 가장 많이 산 책 1위

20 │ 수레바퀴 아래서 │ 헤르만 헤세
대한민국 명사 101인의 대표 추천작 / 헤르만 헤세의 사춘기 시절 경험을 바탕으로 한 자전적 소설
노벨문학상 수상 작가 / 국립중앙도서관 선정 청소년 권장도서

21 22 23 │ 안나 카레니나 1~3 │ 레프 니콜라예비치 톨스토이
톨스토이 생애 최고의 리얼리즘 소설 / 서울대학교 권장도서 100선 / 서울대학교 동서고전 200선
연세대학교 필독도서 / 미국대학위원회 선정 SAT 추천도서 / 오프라 윈프리 북클럽 권장도서
논술 및 수능에 출제된 책(1998~2005)

24 │ 오즈의 마법사 1 – 오즈의 위대한 마법사 │ 라이먼 프랭크 바움
미국대학위원회 선정 SAT 추천도서 / 연세대학교 필독도서 / 국립중앙도서관 선정 우수 번역서

25 │ 리어 왕 │ 윌리엄 셰익스피어

대한민국 명사 101인의 대표 추천작 / 서울대학교 권장도서 100선 / 연세대학교 필독도서
미국대학위원회 선정 SAT 추천도서 / 〈가디언〉지 권장도서 / 세인트존스 대학교 권장도서
논술 및 수능에 출제된 책(1998~2005)

26 27 28 29 30 │ 레 미제라블 1~5 │ 빅토르 위고

저명한 문학비평가들이 극찬한 세기의 걸작 / WTO 북클럽 추천도서
2013년 개봉한 영화 〈레 미제라블〉의 원작 / 전자책 베스트셀러 1위(2013)

31 │ 월든 │ 헨리 데이비드 소로

미국대학위원회 고교추천도서 101 / 미국대학위원회 선정 SAT 추천도서

32 │ 겨울 왕국(안데르센 단편선 1) │ 한스 크리스티안 안데르센

어린이문학에 꽃을 피운 불멸의 작가 / 세계를 움직인 100권의 책 선정
노벨 연구소 선정 세계 100대 문학 작품

33 │ 오만과 편견 │ 제인 오스틴

서울대학교 동서고전 200선 / 연세대학교 필독도서 / 세인트존스 대학교 권장도서
〈텔레그라프〉지 완벽한 도서관을 위한 권장도서 100 / 〈가디언〉지 권장도서
미국대학위원회 선정 SAT 추천도서 / 국립중앙도서관 선정 청소년 권장도서

34 │ 로미오와 줄리엣 │ 윌리엄 셰익스피어

서울대학교 동서고전 200선 / 미국대학위원회 선정 SAT 추천도서
칼리지보드 선정 고교생 필독서 101권

35 │ 바람이 분다 │ 호리 다쓰오

미야자키 하야오의 애니메이션 영화 〈바람이 분다〉 원작

36 │ 맥베스 │ 윌리엄 셰익스피어

서울대학교 권장도서 100선 / 연세대학교 필독도서 / 미국대학위원회 선정 SAT 추천도서
국립중앙도서관 선정 청소년 권장도서

37 │ 신곡 – 인페르노(지옥) │ 단테 알리기에리

서울대학교 권장도서 100선 / 국립중앙도서관 선정 청소년 권장도서
미국대학위원회 선정 SAT 추천도서 / 〈뉴스위크〉지 선정 100대 명저

38 │ 외투 · 코(고골 단편선) │ 니콜라이 바실리예비치 고골

러시아 사실주의 문학의 지평을 연 작품

39 │ 인간 실격 │ 다자이 오사무

교육과학기술부 산하 사단법인 한국교육지원회 선정 아침독서 10분 운동 필독서
영화 평론가 이동진 추천도서

40 │ 마지막 잎새(오 헨리 단편선) │ 오 헨리

서울대학교 · 연세대학교 추천도서 / 서울시 교육청 추천도서
EBS 주최 북퀴즈 왕 선발 추천도서

41 │ 오즈의 마법사 2 – 환상의 나라 오즈 │ 라이먼 프랭크 바움
미국대학위원회 선정 SAT 추천도서

42 │ 좁은 문 │ 앙드레 지드
교육과학기술부 산하 사단법인 한국교육지원회 선정 아침독서 10분 운동 필독서

43 │ 킬리만자로의 눈(헤밍웨이 단편선) │ 어니스트 헤밍웨이
국립중앙도서관 선정도서 / 남산도서관 선정도서

44 │ 벤자민 버튼의 시간은 거꾸로 간다(피츠제럴드 단편선 1) │ 프랜시스 스콧 피츠제럴드
전미비평가협회 선정 '톱 10 작품', 영화 〈벤자민 버튼의 시간은 거꾸로 간다〉의 원작
2013 화제의 영화 〈위대한 개츠비〉 작가, 피츠제럴드 단편선

45 │ 광란의 일요일(피츠제럴드 단편선 2) │ 프랜시스 스콧 피츠제럴드
2013 화제의 영화 〈위대한 개츠비〉 작가, 피츠제럴드 단편선

46 │ 천로역정 │ 존 버니언
성경 다음으로 많이 읽힌 기독교 3대 고전 중 하나 / 2003년 국립중앙도서관 선정 고전 100선

47 │ 세 가지 질문(톨스토이 단편선 2) │ 레프 니콜라예비치 톨스토이
영어권 문학가들이 가장 좋아하는 작가 / 전 세계 거의 모든 언어로 번역된 필독서

48 │ 갈매기(체호프 희곡선 1) │ 안톤 체호프
미국대학위원회 선정 SAT 추천도서 / 서울대학교 권장도서 100선

49 │ 개를 데리고 다니는 여인(체호프 단편선 1) │ 안톤 체호프
서울대학교 동서고전 200선 / 노벨 연구소 선정 세계문학 100선

50 │ 귀여운 여인(체호프 단편선 2) │ 안톤 체호프
노벨 연구소 선정 세계문학 100선

51 │ 폭풍의 언덕 │ 에밀리 브론테
서울대학교 · 연세대학교 · 고려대학교 권장도서
1940 아카데미 상 최우수작 지명 〈폭풍의 언덕〉 원작

52 │ 지킬 박사와 하이드 │ 로버트 루이스 스티븐슨
2004 한국 문인이 선호하는 세계 명작 소설 100선 / 브로드웨이 뮤지컬 역사상 가장 아름다운
스릴러 / 〈지킬 앤 하이드〉 원작

53 │ 바냐 아저씨(체호프 희곡선 2) │ 안톤 체호프
서울대학교 권장도서 100선 / 노벨문학상 수상자 네이딘 고디머, 앨리스 먼로의 표본

54 55 │ 이솝 이야기 1~2 │ 이솝
어린이독서위원회, 서울 독서교육연구회 권장도서

56 │ 오즈의 마법사 3 – 오즈의 오즈마 공주 │ 라이먼 프랭크 바움
미국대학위원회 선정 SAT 추천도서

57 | 주홍색 연구(셜록 홈스 시리즈 1) | 아서 코난 도일
영국 BBC 제작, KBS 방영 〈셜록〉의 원작 / 대한민국 대표 추리 소설가 백휴의 작품해설 수록

58 | 네 개의 서명(셜록 홈스 시리즈 2) | 아서 코난 도일
영국 BBC 제작, KBS 방영 〈셜록〉의 원작 / 대한민국 대표 추리 소설가 백휴의 작품해설 수록

59 | 배스커빌 가의 개(셜록 홈스 시리즈 3) | 아서 코난 도일
영국 BBC 제작, KBS 방영 〈셜록〉의 원작 / 대한민국 대표 추리 소설가 백휴의 작품해설 수록

60 | 공포의 계곡(셜록 홈스 시리즈 4) | 아서 코난 도일
영국 BBC 제작, KBS 방영 〈셜록〉의 원작 / 대한민국 대표 추리 소설가 백휴의 작품해설 수록

61 | 페스트 | 알베르 카뮈
노벨문학상 수상 작가 / 1947년 프랑스 비평가상 수상 / 서울대학교 권장도서 100선

62 | 무기여 잘 있거라 | 어니스트 헤밍웨이
노벨문학상 수상 작가 / 〈타임〉지가 뽑은 20세기 최고의 문학 100선
미국 대학 위원회 선정 SAT 추천 도서 / 서울대학교 권장도서 200선

63 | 야간 비행 | 앙투안 드 생텍쥐페리
1931년 페미나 문학상 수상 / 작가의 경험이 들어간 직업 소설

64 | 톰 소여의 모험 | 마크 트웨인
미국 현대문학의 효시 마크 트웨인의 대표작 / 일본 후지TV 애니메이션 〈톰 소여의 모험〉 원작

65 | 프랑켄슈타인 | 메리 셸리
오늘날 SF소설의 선구 / 과학기술이 야기하는 사회적, 윤리적 문제를 다룬 최초의 소설

66 | 마음 | 나쓰메 소세키
서울대 권장도서 100선 / 일본의 셰익스피어 나쓰메 소세키의 대표작

67 | 노예 12년 | 솔로몬 노섭
2014 아카데미 시상식 3관왕 〈노예 12년〉 원작 / 노예 해방의 도화선이 된 작품

68 | 성냥팔이 소녀(안데르센 단편선 2) | 한스 크리스티안 안데르센
SBS 드라마 〈신의 선물—14일〉 메인 테마 도서 / 어린이문학에 꽃을 피운 불멸의 작가

69 70 | 제인 에어 1~2 | 샬럿 브론테
150년간 사랑받은 로맨스 소설의 고전 / 미국 대학위원회 선정 SAT 추천도서
영국 〈가디언〉이 선정한 세계 100대 최고의 소설 / 연세대학교 권장도서
영국 BBC 조사 영국인들이 가장 사랑하는 소설 100선 / 현대 여성들이 가장 사랑하는 필독서

71 | 예수의 생애 | 찰스 디킨스
2014년 개봉 〈선 오브 갓〉 원작 / 종교철학자 헤겔의 사상을 만든 고전
대문호 찰스 디킨스의 숨은 명작

72 | 싯다르타 | 헤르만 헤세

대한민국 명사 시인 장석남이 강력 추천한 작품 / 출간과 동시에 10만 부가 넘게 팔린 역작
진정한 자아를 깨닫기 위해 늘 고민하던 헤르만 헤세의 자전적 소설

73 | 신곡—연옥 | 단테 알리기에리

서울대 권장도서 100선 / 미국대학위원회 선정 SAT 추천도서
국립중앙박물관 선정 청소년 권장도서 / 〈뉴스위크〉 선정 100대 명저

74 75 | 테스 1~2 | 토머스 하디

미국 영국 BBC 선정 영국인이 사랑한 책 100선 / 서울대 추천 고등학생 권장도서 100선

76 | 신데렐라(샤를 페로 단편선) | 샤를 페로

프랑스 아동 문학의 아버지 / 영화 〈말레피센트〉원작

77 | 미녀와 야수(보몽 단편선) | 쟌 마리 르 프랭스 드 보몽

변신 모티프의 전형을 완성 / 미야자키 하야오와 디즈니 애니메이션 원작

78 79 80 | 웃는 남자 1~3 | 빅토르 위고

빅토르 위고가 최고 자부한 걸작 / 출간 당시 전 유럽을 충격에 빠트린 문제작
뮤지컬, 영화 등 여러 매체로 알려진 〈웃는 남자〉의 원작
한국간행물윤리위원회 선정 청소년 권장도서(2007)

81 | 마담 보바리 | 귀스타브 플로베르

사실주의 문학의 거장 귀스타브 플로베르의 대표작 / 서울대학교 추천 도서 100선
외설적이라는 이유로 19세기 교황청 금서목록에 선정된 작품 / 〈뉴스위크〉지 선정 100대 명저

82 | 별(도데 단편선 1) | 알퐁스 도데

자연주의와 인상주의의 절묘한 조화 / 서정적인 감수성과 아름다운 문체
부산시 교육청 선정 중학생 권장도서 / 포스코 교육재단 선정 중학생 필독도서

83 | 보이첵(뷔히너 단편선) | 게오르그 뷔히너

세계 최초로 한국에서 뮤지컬화 된 〈보이첵〉의 원작
시대를 폭로하는 천재 작가의 현실감 넘치는 작품

84 | 오셀로 | 윌리엄 셰익스피어

셰익스피어 4대 비극 중 하나 / 〈뉴스위크〉 선정 100대 명저 / 서울대학교 권장도서 100선

85 | 변신(카프카 단편선) | 프란츠 카프카

소외된 인간이었던 작가의 갈등과 고독을 반영 / 서울대 추천도서 100선 / 명사 101명이 추천한 파워클래식

86 | 피노키오 | 카를로 콜로디

월트 디즈니 인생 최고의 애니메이션으로 재탄생
스티븐 스필버그 감독의 2001년작 〈A.I.〉의 모티브 / 260개 언어로 번역된 교훈적 내용

87 | 세상을 보는 지혜 | 발타자르 그라시안 · 쇼펜하우어

세기를 아우르는 저명한 철학자가 쓰고 철학자가 옮긴 대표적인 작품
세상을 살아가는 데 꼭 필요한 빛나는 지혜를 전수해 주는 인생 처세서

88 | 마지막 수업(도데 단편선 2) | 알퐁스 도데
중·고등학교 국어 교과서 수록 작품 / 교육청 선정 청소년 권장도서 100선

89 | 키다리 아저씨 | 진 웹스터
출간 이래 100년 동안 사랑받아 온 스테디셀러 / 세상의 편견을 뛰어넘은, 편지 형식 소설의 대명사

90 | 키다리 아저씨 2 —그 후 이야기 | 진 웹스터
미국·일본·한국에서 2차 창작된 작품의 속편 / 여성의 대외 활동을 고양시킨 사회적 걸작

91 92 93 | 피터 래빗 이야기 1~3 | 베아트릭스 포터
세상에서 가장 사랑받는 토끼 이야기 / 자연 보호와 동물 존중 사상이 담긴 작품

94 95 | 드라큘라 1~2 | 브램 스토커
지금까지 가장 많은 동명의 영화로 제작된 고딕 소설의 대명사
2004년 뮤지컬로 만들어져 브로드웨이 초연 이후 세계 각국에서 사랑 받아온 작품

96 97 98 99 | 카라마조프가의 형제들 1~4 | 표도르 도스토옙스키
신·종교, 삶·죽음, 사랑·욕망 등 인간 내면의 본성의 문제를 다룬 작품
정신분석학자 프로이트가 꼽은 세계문학사 3대 걸작 중 하나

100 | 하늘과 바람과 별과 시 | 윤동주 (양승갑 영작)
요절한 천재 민족 시인의 유고시집 / 대중성과 문학성을 겸비한 시인 김경주 추천작

101 | 정글북 | 러디어드 키플링
영미권 작품 최초, 최연소 노벨문학상 수상작 / 정글의 생명력을 담은 자연친화적 작품
가의 아버지 존 록우드 키플링이 직접 그린 삽화 및 기타 삽화가들 그림 삽입

102 | 거울나라의 앨리스 | 루이스 캐럴
난센스와 판타지의 대표작 《이상한 나라의 앨리스》 속편
거울 속으로 떠난 앨리스의 두 번째 모험 이야기

103 | 마테오 팔코네(메리메 단편선) | 프로스페르 메리메
프랑스 단편소설의 거장 메리메의 대표 단편선 / 비제의 오페라 〈카르멘〉의 원작자

104 | 빨강머리 앤 | 루시 모드 몽고메리
캐나다의 대표적인 소설가 몽고메리의 데뷔작 / 서울시 교육청 선정 청소년 권장도서
KBS TV '책을 말하다' 추천도서 / 일본 후지 TV 애니메이션 〈빨강머리 앤〉 원작

105 | 삶이 그대를 속일지라도(푸시킨 시선집) | 알렉산드르 푸시킨
러시아 리얼리즘 문학의 선구자이자 러시아 국민시인 푸시킨의 대표 시선집

106 | 도련님 | 나쓰메 소세키
일본의 셰익스피어 나쓰메 소세키를 인기 작가 반열에 올린 작품
'책으로 따뜻한 세상 만드는 교사들(책따세)' 권장도서
서울시 교육청 '청소년을 위한 고전 콘서트' 도서 / 서울대학교 지정 수능필독도서

107 | 은하철도의 밤(겐지 단편선) | 미야자와 겐지

일본이 가장 사랑하는 동화작가 미야자와 겐지의 대표 단편선

일본 후지 TV 애니메이션 〈은하철도 999〉의 모티브

108 | 자기만의 방 | 버지니아 울프

20세기 페미니즘 비평의 선구자 버지니아 울프의 수필집

국립중앙도서관 선정 권장도서 / 서강대학교 권장도서 100선

109 | 플랜더스의 개(위다 단편선) | 위다(매리 루이스 드 라 라메)

멜로 드라마풍의 작품으로 유명한 영국의 아동문학가

서울시 교육청 선정 청소년 권장도서 / 일본 후지 TV 애니메이션 〈플랜더스의 개〉 원작

110 | 크리스마스 캐럴 | 찰스 디킨스

셰익스피어와 함께 영국을 대표하는 작가 찰스 디킨스의 중편소설

책으로 따뜻한 세상 만드는 교사들(책따세)' 권장도서

111 | 탈무드

5000년에 걸친 유대인의 지혜가 담긴 책 / 서울대학교 지정 수능필독도서

포스코 교육재단 선정 초등학교 필독도서 / 경북교육청 선정 청소년 권장도서

백인제기념도서관 교양도서

112 | 호두까기 인형 | 에른스트 호프만

1892년 차이코프스키 발레 호두까기인형의 원작소설

2018 디즈니 애니메이션 호두까기 인형과 4개의 왕국의 원작소설

113 114 | 곰돌이 푸 1~2 | 앨런 알렉산더 밀른

2018 영화 '곰돌이 푸 다시만나 행복해' 원작 동화 / 곰돌이 푸가 건네는 따뜻한 감성 메시지

115 | 인형의 집 | 헨릭 입센

여성 평등을 그린 선구자적인 작품 / 페미니즘 희곡의 대명사 / 노벨연구소 선정 세계 100대 문학

* 더클래식 세계문학 컬렉션은 계속 출간될 예정입니다.